Obra de Gabriel García Márquez

1994

Del amor y otros demonios

加西亚·马尔克斯 著
陶玉平 译

爱情和其他魔鬼

南海出版公司

新经典文化股份有限公司
www.readinglife.com
出　品

献给浸在泪水之中的卡门·巴尔塞伊丝[①]

①卡门·巴尔塞伊丝（1930－2015），加西亚·马尔克斯的文学经纪人。

爱情和其他魔鬼

看来，头发的复苏远比身体的其他部位缓慢得多。

——圣托马斯·阿奎纳[1]

《论人体复苏之整体性》（第五章，第八十问）

①圣托马斯·阿奎纳（1225－1274），意大利神学家，托马斯哲学学派创立者，著有《神学大全》等。

一九四九年十月二十六日，这并不是一个有大新闻的日子。在我初涉记者行业的那家日报社，编辑部主任克莱门特·曼努埃尔·萨巴拉老师讲了两三句套话就结束了上午的会议。他没有给任何一位编辑下达具体任务。几分钟后，他从电话里得知有人正在挖古老的圣克拉拉修道院的墓穴，便不抱希望地给我下了一道命令：

“上那儿转一圈去，看看你能想到点儿什么可写的。”

这家克拉拉会的古老修道院一百年前就变成了一家医院，现在要被出售了，为的是在这个地方建一家五星级宾馆。由于房顶逐渐坍塌，它精美的礼拜堂几乎已经成为露天的了，可它的墓穴里还埋葬着三代主教、修道院的几位女院长和别的一些重要人物。第一步要做的就是把墓穴腾空，把遗骨交给相关人士，剩下的东西则扔进公墓里去。

他们采用的方法之原始令我震惊。工人们挥动着锄头铁镐打开墓穴，把那些一动就散架的腐朽棺木取出来，再把尸骨从混杂着破布和干枯头发的泥土块中分离出来。亡者的身份越尊贵，清理起来就越费事，因为得在一堆骸骨里扒拉半天，非常仔细地筛查，才能在残渣里找见宝石或是金银饰品什么的。

领班师傅在一个小学生用的本子上抄录下墓碑上的信息，并把骨头整理成小堆。为了不弄混，他在每堆骨头上都放了一张写有名字的纸条。这么一来，我走进殿堂第一眼看到的就是一长溜的骨头堆，十月的烈阳成束地从屋顶的豁口透下来，炙烤着它们，用铅笔写在纸条上的名字成了它们唯一的识别标记。几乎半个世纪过去了，我到现在还能感觉到那时光流逝的可怕见证带给我的惊愕。

在那些尸骨当中，有一位秘鲁总督和他的秘密情人；有堂托里比奥·德卡塞雷斯－维尔图德斯，他当过这个教区的主教；有修道院的几位女院长，其中一位叫何塞法·米兰达嬷嬷；还有艺术学士堂克里斯托瓦尔·德埃拉索，他把半辈子都献给了制造镶板式天花板的事业。有一孔封闭的墓穴，墓碑上刻的是卡萨尔杜埃洛侯爵二世，堂伊格纳西奥·德阿尔法罗－杜埃尼亚斯，可是人们把它打开后发现那是一处未使用的空穴。然而，侯爵夫人堂娜奥拉娅·德门多萨的遗骸却躺在紧挨着的一处墓穴里，且有自己单独的墓碑。领班师傅没把这当回事：一位土生贵族[①]给自己准备了坟墓，最后人们却把他葬在了另一座墓里，这是常有的事。

在主祭坛放《福音书》一侧的第三孔壁龛那里，出了点儿情况。铁镐刚一敲，墓碑便碎成了好几块，一绺古铜色的头发从墓穴里露出来，领班师傅叫了几个工人帮忙，想把头发完整地扯出来，可这头发越拉越长、越拉越多，最后竟然连着一个小女孩的头骨。壁龛里剩下的只有些散乱的细小骨头，石头墓碑被硝土腐蚀得漫漶不清，只能辨认出一个没有姓氏的名字：万圣护佑的谢尔娃·玛利亚。那头漂亮的长发在地上铺展开来，一量，有二十二米又十一厘米长。

领班师傅丝毫没有感到惊讶，他告诉我，人的头发每个月长一厘米，死后也是一样，就两百年而言，二十二米在他看来正好是个平均数。可我觉得这事儿并不寻常，因为小时候外婆给我讲

①指在拉丁美洲出生的西班牙贵族。

过一个故事，说有一位侯爵的千金，一头长发拖在身后，就像新娘的纱裙；十二岁那年她被狗咬了一口，得狂犬病死了；在加勒比地区的村子里，她因为多施奇迹而极有人望。这处墓穴有可能属于她，这想法就是我那天收获的特大新闻，也是我写作此书的源头。

加夫列尔·加西亚·马尔克斯

西印度群岛卡塔赫纳，一九九四年

一

十二月的头一个礼拜天，一条脑门上长着块白斑的灰狗在市场里错综的窄道上横冲直撞，先是打翻了卖油炸食品的桌子，接着把印第安人的货摊和卖彩票的棚子撞得稀烂，最后又顺道咬伤了沿路碰上的四个人。三个是黑奴，另一个就是万圣护佑的谢尔娃·玛利亚，她是卡萨尔杜埃洛侯爵的独生女，那天她带着一个混血女佣去买一串她十二岁生日庆祝会用的铃铛。

虽说事先叮嘱过她们不要走到商街的门廊外面去，可是那女佣被黑奴交易港口的吵闹声吸引住了，那里正在卖最后一批几内亚来的奴隶，她不顾一切地走到了客西马尼城郊的吊桥那儿。近一个礼拜以来，人们带着惴惴不安的心情期盼着加的斯黑奴公司的这条船，因为上面莫名其妙地死了许多人。为了掩饰，他们把尸体扔进大海，却连块石头也不绑，清晨海水一退潮，肿胀而变了形的尸体就都漂到了海滩上，泛出一种奇怪的紫色。船在港湾外抛了锚，因为人们担心这是某种非洲瘟疫的苗头，直到后来才弄清楚，那是由于吃了不新鲜的肉而食物中毒。

那条狗穿过市场的时候，剩下的“货物”已经卖完了，由于“货物”的身体状况极差没卖上好价钱，这会儿卖主正试图仅凭一件奇货挽回损失。这是一个来自阿比西尼亚的女奴，身高七拃半，身上涂抹的不是惯常的商业用油，而是甘蔗炼成的糖浆。她美得令人难以置信，人人见了都心荡神移。她的鼻子又细又长，头圆圆的，两眼微微斜着，一口牙齿整整齐齐，又阴差阳错地长了一副罗马角斗士的身材。在围场里他们没往她身上打烙印，也没有报出她的年龄和健康状况，而是把她当作一件尤物出售。市长没还价，且一次性付清，花的钱是和她等重的黄金。

野狗们或是把猫追得满世界乱跑，或是同秃鹫为了争夺大街上的一块肉而打得不可开交，顺便咬伤个把人，这种事每天都会发生，尤其是在去波托韦罗赶集的帆船队路过此地时人多货杂的日子里。一天当中有四五个人被咬，谁都不会因此而大惊小怪，像谢尔娃·玛利亚这样左脚踝上被咬了一口，不注意根本看不出来，就更不值得一提了。所以那女佣并没在意。她自己用柠檬和硫黄给小女孩涂了涂伤口，又把她衬裙上的血迹洗干净，接着大家满脑子想的便都是这孩子十二岁生日的喜庆事了。

女孩的母亲贝尔纳达·卡布雷拉，是卡萨尔杜埃洛侯爵没有封号的妻子，这天一大早她喝下了一服大剂量泻药：七颗锑片外加一杯玫瑰糖水。她本是一个粗野的梅斯蒂索[①] 女人，出身于一个人们所谓的“柜台贵族”家庭；她风流成性，贪得无厌，凡事爱热闹，胃口大得堪比一支军队。然而，不过几年时间，因为贪吃发酵蜂蜜和可可饼，她便美貌不再。一双酷似吉卜赛人的黑眼睛变得黯淡无光，那股机灵劲儿也不见了，下面便血，上面吐胆汁，从前美人鱼般的曼妙身材变得十分臃肿，皮肤蜡黄蜡黄的，活像一具停放了三天的死尸，而且放起屁来又响又臭，连猎犬都会被吓跑。她足不出户，难得走出房间时要么赤身露体，要么披一袭哔叽布长袍，里面什么也不穿，看起来比一丝不挂还要赤裸。

陪谢尔娃·玛利亚出去的女佣回来时，贝尔纳达已经狂泻了七次，女佣没对她提起被狗咬的事情，倒是讲起了港口那儿卖女奴惹的风波。“要是真像大家说的那么美，可能是个阿比西尼亚女

①指欧洲人和美洲印第安人所生的混血儿。

人。”贝尔纳达说道。可就算是示巴女王，她觉得也不可能有人会花和她等重的黄金去买。

“他们说的恐怕是金比索吧。”她说。

“不，”他们跟她说得很明白，“是花了和那个黑女人一样重的黄金。”

“一个七拃高的女奴至少得有一百二十磅重吧，”贝尔纳达说，“一个女人，黑的也好白的也罢，怎么也值不了一百二十磅黄金吧，除非她能屙出钻石来。”

论起买卖奴隶，谁也比不上她精明，她知道，如果市长真的买下了那个阿比西尼亚女人，绝不是为了让她做点什么侍奉厨房之类高尚营生。她正这么想着，突然听见了第一阵笛号声和节庆的鞭炮声，紧跟着笼子里的几只猎犬一阵狂吠。她走了出去，来到橘园里，想看看到底发生了什么事。

堂伊格纳西奥·德阿尔法罗－杜埃尼亚斯，卡萨尔杜埃洛侯爵二世兼达连的领主，此时正在橘园里两棵柑橘树之间的吊床上午睡，也听到了乐声。他长相苦巴巴的，好逞能，因为梦见被蝙蝠吸了血，此刻脸色惨白。在家里走动的时候他总穿件贝都因人那种带风帽的外衣，头上戴顶托莱多圆帽，更使他显出一副无依无靠的样子。看见太太完全赤裸着身子，他抢先开了口：

"这是什么音乐？"

"不知道，"她答道，"今天是什么日子？"

侯爵也不知道，他应该是真的感到十分不安才会这样问妻子的，而妻子这会儿的苦胆也一定是舒缓了许多，答话时没有丝毫挖苦的口气。侯爵心事重重地从吊床上坐了起来，这时鞭炮声又响了。

"老天爷，"他大叫一声，"今天是什么日子呀！"

这座府邸旁边是一家叫作"神圣牧者"的女疯人院。关在那里的女病人被乐声和鞭炮声惊动了，纷纷跑上朝向橘园的露台，为每一响鞭炮声鼓掌欢呼。侯爵大声问她们是哪儿这么热闹，她们的回答使他恍然大悟。今天是十二月七号，圣安布罗斯主教日，奴隶们的院子里响起的乐声和鞭炮声是为谢尔娃·玛利亚庆生的。侯爵用手掌拍了一下脑门。

"没错没错，"他说，"她过几岁生日？"

"十二岁。"贝尔纳达答道。

"她才十二岁吗？"说着侯爵又在吊床上躺了下来，"这日子过得太慢了！"

这座府邸直到本世纪初还一直是本城的骄傲，现在已经破败了，阴森森的，空空荡荡，很多东西胡乱放置着，一副随时要搬家的模样。厅堂里棋盘似的方格大理石地面尚保存完好，几盏水晶灯的吊坠上面挂满了蜘蛛网。厚厚的石灰石墙壁和多年的封闭使得那些仍住着人的房间一年四季都凉凉快快的，当然更多的还是因为十二月的微风会带着哨音从缝隙里吹进来。如今，这里的一切都笼罩在邋遢带来的压抑和阴暗之中。当年侯爵一世威严高傲的表征如今只剩下五条守夜的凶猛猎犬。

奴隶们的院子里吵吵嚷嚷，正在为谢尔娃·玛利亚庆祝生日，在老侯爵的年代,这里曾是一个城中之城。到了他的继承人这一代，在贝尔纳达在马阿特斯榨糖厂用一只左手便可以掌控奴隶和面粉这两宗不正当生意的年代，也还大体保持了原样，而现在，这一切的辉煌都成了过去。贝尔纳达因为贪得无度已经日薄西山，这院子也缩小成了两间用棕榈叶铺顶的木板棚，辉煌年代的最后一点余晖已消耗殆尽。

多明伽·德阿德文托，一个正派的黑女人，直到去世前夜一直用她的铁腕掌控着这个家，她是两个世界之间的纽带。这个又高又瘦的女人思维敏捷、洞察一切，谢尔娃·玛利亚就是她带大的。她早已皈依天主教，却没有放弃对约鲁巴教的信仰，她同时信着两个教，没什么规律和准头。她常说自己的灵魂很安宁，因为在一个宗教里找不到的东西，她会在另一个宗教里找到。她也曾是唯一能够在侯爵和他太太之间斡旋调停的人，他们两个人也都有心讨好她。碰见有奴隶躲在空屋子里鸡奸或是互相交换女人干那种事的时候，也只有她能拿起扫帚把他们赶出来。可是自从她死了以后，奴隶们为了躲避正午的炎热，就都从木板棚里逃了出来，随便找个角落往地上一躺，时不时从大锅里抠下点锅巴什么的吃吃，或是躲在过道里的凉快地方玩玩马库科牌或者响片之类的游戏。在那个受压迫的世界里，谁都没有自由，除了谢尔娃·玛利亚：只有她有，她也只有在那个地方才有自由。于是，那里就成了她庆生的地方，那里才是她真正的家，有她真正的家人。

在如此喧闹的音乐之中，自家的和其他富贵人家的奴隶欢聚在一起，这样的歌舞场面不可能沉闷。女孩玩得很尽兴，她的舞跳得比非洲人还要欢快潇洒，又能改变嗓音用好几种非洲语言唱歌，模仿鸟鸣和动物的叫声时搞得鸟儿和动物都有点不知所措。按照多明伽·德阿德文托去世前的吩咐，最年轻的几个女奴用烟灰给小女孩涂黑了脸，往她受过洗礼的肩上套上了一串又一串萨泰里阿教项链，又把她的头发梳理整齐。那头长发从来没有剪过，要不是每天把辫子盘成好多圈，连走起路来都要碍事。

在相反力量的交叉处，她一点一点长大了。她身上像妈妈的地方极少。相反，她瘦削的身材、无可救药的腼腆、白皙的皮肤、沉郁的蓝眼睛，以及那一头亮闪闪的纯铜色头发，都来自父亲。她一举一动都静悄悄的，无影无形。她的妈妈被她这种奇特的天性吓住了，在她的手腕上挂了串小铃铛，为的是在昏昏暗暗的家里能随时知道她在哪儿。

生日过去两天后，女佣无意间把谢尔娃·玛利亚被狗咬的事情告诉了贝尔纳达。贝尔纳达一边用香皂洗她当天第六次热水澡准备上床睡觉，一边把这事想了一下，等走回卧室的时候，她已经把这件事忘得一干二净。再想起来已经是第二天的夜里了：猎狗们无缘无故地一直狂吠到天亮，她有点担心它们是不是得了狂犬病。于是，她拿起烛台来到院子里的木棚中，看见谢尔娃·玛利亚躺在油棕榈吊床上睡得正香，那吊床还是多明伽·德阿德文托留给她的。女佣没告诉她咬在了什么地方，她撩起女孩的袍子，用灯照着，顺着那条麻烦的辫子一点一点地查看女孩的身体，那辫子缠绕在她的身上，活像条狮子的尾巴。最后，她终于找到了被咬的地方：伤口在左脚踝上，已经结痂，另外，脚后跟上还有几处肉眼几乎看不出来的擦伤。

在这个城市的历史上，狂犬病例既不少有，也不是无足轻重的。最臭名昭著的要数一个小贩那次，他平日里经常带一只养熟了的猴子在人行道上走来走去，那猴子的行为举止和人几乎没什么两样。那畜生在英国人海上围城期间得了狂犬病，往主人脸上咬了一口，逃进附近山里去了。那个倒霉的小贩后来在一次恐怖的发作中被人们乱棒打死，直到很多年以后，母亲们还把这事编成里巷小曲，用来吓唬孩子。小贩死后不到两个礼拜，一群恶魔般的野猕猴大白天从山上下来，祸害了猪圈和鸡栏，又闯进了教堂。它们嚎叫着，嘴上沾满了带血的泡沫，当时人们正在那里为庆祝英国军队失败大唱感恩诗。然而，那些最恐怖的场面并没有被载入历史，因为它们发生在黑人群体当中，他们通常的做法是在野外围个场子，给被咬的人施一些从非洲传来的魔法，算是治疗。

尽管已经有了这么多的教训，在那些一经出现便已无可挽回的症状出现之前，无论白人黑人还是印第安人，谁都不会往狂犬病那儿去想，也不会往其他潜伏期长的疾病去想。贝尔纳达·卡布雷拉依然故我，她想，奴隶们编起故事来总是比基督徒更快更离奇，而哪怕是一个简单的狗咬人事件都可能会损害家族的声誉。她对自己的推断十分自信，就没把这件事告诉自己的丈夫，直到下一个礼拜天，女佣一个人去了趟市场，看见巴旦杏树上挂了条死狗，好让大家都知道这条狗是得狂犬病死的，而女佣一眼便认出了那条狗脑门上的白斑，还有那一身的灰毛，正是咬了谢尔娃·

玛利亚的那条。但是贝尔纳达听说了之后还是不以为然。有什么好大惊小怪的呢：伤口早已经结痂，那几处擦伤连一丝痕迹都没留下。

十二月的天气一开始不太好，可过了不久，下午的天空就恢复了紫水晶一般的透亮，夜间也刮起了惬意的微风。因为从西班牙传来了好消息，这一年的圣诞节也比往年过得快活。但是这座城市已经没了往昔的模样。主要的奴隶市场已经迁到哈瓦那去了，这边大陆上的矿产主和农场主都更乐意去英属安的列斯群岛购买更便宜的走私劳力，这样一来就好像有了两个城市：一个在那些大帆船停泊在港口的六个月里，欢天喜地，熙熙攘攘，另一个在剩下的六个月里，昏昏欲睡，等待着大帆船的归来。

此后再没有听说有狗咬人的事情发生，直到一月初的一天，一个喜欢走街串巷的印第安女人敲响了侯爵家的大门，当时正是神圣的午睡时刻。这女人大家都叫她萨坤达，已经老得不成样子，拄着一根长长的拐棍，赤着脚在大太阳底下行走，一条白床单把她从头到脚裹得严严的。这女人因干些修补处女膜或是打胎之类的营生而臭名远扬，但她也有好名声，那就是她通晓印第安人的各种秘密，能使被宣告不治的人起死回生。

侯爵在门厅里站着接见了她，心里很不高兴，这女人说话慢吞吞的，又爱绕弯子，侯爵费了很大劲儿才弄明白她想要说什么。她兜了一个又一个的圈子还没进入话题，侯爵终于失去了耐心。

“有什么话您就快说吧，别再拐弯抹角了。”侯爵说。

“我们正面临一场狂犬病瘟疫的威胁，”萨坤达说，“圣休伯特是猎人的保护神，也是狂犬病的治愈之神，而我是唯一一个握有他的钥匙的人。”

“我看不出会有什么瘟疫，”侯爵对她说，“没有什么预兆，既没发现彗星又没看到日食，而且据我所知，我们也没有犯什么大的过错，让上帝这么关照我们。”

萨坤达告诉侯爵，三月份会有一次日全食，并一五一十地对他讲了十二月第一个礼拜天发生的狗咬人事件。其中，两个人已经失踪了，肯定是家里人把他们藏了起来以便对他们施魔法，第三个人在第二个礼拜发狂犬病死了。还有第四个人，并没有被狗咬，只是沾了些那条狗的唾沫，现在也在圣爱医院里等死。这一个月来，警长已经下令毒死了一百来条野狗，再过一个礼拜，大街小巷不会再有一条活着的狗。

“不管怎么说，我看不出这事和我有什么关系，”侯爵说，“尤其是在这样一个不合时宜的时刻。”

“第一个被狗咬的就是您的女儿。”萨坤达说。

侯爵回答她的时候无比自信：

“要是真有这事的话，我准会第一个知道。”

他认为女儿平平安安的，假若她身上发生过这么可怕的事情，他不可能一无所知。所以他果断地结束了会见，回去继续睡他的午觉。

不管怎样，下午他还是去了趟奴仆们的院子找谢尔娃·玛利亚。这孩子脸被抹得漆黑，光着脚，头上缠了条女奴们缠的红头巾，正在帮忙给兔子剥皮。侯爵问她是不是真的被狗咬了，她毫不迟疑地回答说没有。可这天晚上贝尔纳达向他证实了这事。侯爵有点不知所措，问道：

“那谢尔娃为什么不承认呢？”

“因为你就没办法让这孩子说句实话，哪怕是在她大意的时候。”贝尔纳达说。

“看来得做点什么了，”侯爵说，“因为那条狗得了狂犬病。”

“恰恰相反，”贝尔纳达说，“你还不如说，那条狗是因为咬了她才活不了的。出事的时候是十二月，而直到现在这小贱人还活得像一朵花一样。”

他们都继续关注着有关疫情的各种愈演愈烈的议论，两人虽都不大情愿，还是就这个共同的话题又交谈了一次，倒有点像过去他们之间结怨还不太深的时候。对侯爵而言，事情很清楚。他一直以为自己是爱这个女儿的，可现在，对狂犬病的恐惧使他不得不承认他为了省心一直在自己骗自己。贝尔纳达正好相反，问都没问自己这个问题，因为她十分清楚地知道，她不爱这个女孩，这个女孩也不爱她，她觉得这样很公平。他们之间会因为这女孩产生怨恨，很大程度上是由于她身上既有这个人又有另一个人的影子。不管怎样，只要这女孩死得其所，贝尔纳达已经准备好演一出号啕大哭的好戏，表现一个伤心欲绝的母亲的哀伤，以此维护她自己的名誉。

“她怎么死都可以，”她把话说得再清楚不过了，“只要别跟狗的病有关系就成。”

就在这一刻，侯爵仿佛被天火灼痛一样，突然明白了他这一生的意义所在。

“这孩子不会死的，”他坚定地说，“即便真的要死，那也一定是按上帝的意愿死去。”

礼拜二他去了趟位于圣拉匝禄山上的圣爱医院，想去看看萨坤达对他提起过的那个狂犬病人。他没有去想他车上那些吊丧用的皱巴巴的丝绸挽带会给正在孕育中的灾难增添点什么凶兆，因为好多年了，他没什么大事是不出门的，而好多好多年以来，除了丧事就没发生过什么大事。

这座城市浸没在几个世纪之久的荒凉中，尽管如此，影影绰绰地看见这位心神不定的绅士那憔悴的面容和躲闪不定的眼神的人却不在少数；他就这么乘着马车、穿着塔夫绸丧服出了城，穿过田野，朝着圣拉匝禄山驶去。医院里那些躺在砖地上的麻风病人看见他迈着死人一般的步态进来，便上前挡住去路向他讨施舍。就在那间关着长年躁狂的疯子的病房里，一根柱子上拴着那个狂犬病人。

那是一个上了年纪的穆拉托人[①]，头发和胡子像棉花一样白。他本来已经半身不遂，可自从得了狂犬病之后，他另外半个身子力量大得出奇，人们不得不把他拴在柱子上，免得他在墙上把自己撞得粉身碎骨。他的话没留下丝毫疑问：咬他的正是那条脑门上有白斑的灰狗，也就是咬了谢尔娃·玛利亚的那条。实际上那条狗只是舔了他，不过不是舔在好皮肤上，而是舔在他小腿肚子的一处旧伤上。这个细节没能使侯爵放下心来，他离开了医院，因看见那个人垂死的模样而惊恐万分，他觉得谢尔娃·玛利亚一丝希望也没有了。

①指黑白混血儿。

顺着山坡回城的路上，他碰见了一个相貌非凡的人，那人坐在路边一块石头上，身旁是一匹死马。侯爵吩咐停车，那人站起身来，他这才认出原来是阿布雷农肖·德圣佩雷拉·卡乌医生，他是这座城里最有名气也最有争议的医生。他的长相和棒花纸牌里的国王一模一样，头戴一顶遮阳的宽边草帽，脚下踏着马靴，身披一件自由人的黑斗篷。他以一种很不寻常的方式向侯爵问好。

“上帝保佑一切正派人。[1]”他说。

他的马上坡时一路小跑，下坡时却没能抗住，心脏爆裂累死了。侯爵的车夫奈普图诺打算把那匹马的鞍子卸下来，却被鞍子的主人劝住了。

“我连马都没有了，还要鞍子做什么呢，”他说道，“就让它和那匹马一块儿烂在这里吧。”

车夫费了挺大劲儿才把他孩子般的肥胖身躯弄上车，侯爵格外照顾，让他坐在自己的右边。阿布雷农肖还在想他的马。

“好似我这个人死去了一半一样。”

“这世上没有比办一匹马的后事更容易的了。”侯爵对他说。

阿布雷农肖突然来了精神。“这匹马可不一样，”他说，“要是

①原文为拉丁语。

办得到，我会找块圣地把它埋了。”他看了一眼侯爵，想知道他有什么反应，然后接着把话说完：

“十月份它刚满一百周岁。”

“没有任何一匹马能活那么大岁数。”侯爵说。

“但这一点我可以证实。”医生说。

他每个礼拜二到圣爱医院来给那些麻风病人看些麻风病以外的疾病。他是胡安·门德斯·涅托医师的得意门生，后者也是葡萄牙籍犹太人，为了躲避在西班牙的迫害才来到加勒比。阿布雷农肖从他的老师那里继承来的是广行妖术和出言不逊的坏名声，可没有人会去怀疑他的学识。别的医生容忍不了他那些令人难以置信的诊断和异乎寻常的疗法，他也经常为这类事和他们打得头破血流。他发明过一种药丸，一年只需服一颗，能强身健体、益寿延年，但这药丸在服用的头三天里会引发智力错乱，以致除了他自己没人敢冒险服用它。他以前还常在病人床头弹奏竖琴，为的是用某些特意创作的曲子使病人镇静下来。他从不做外科手术，因为他一向认为那都是骗子和剃头匠们搞的低劣把戏，而他骇人听闻的本领是预测病人死亡的日期和钟点。然而，好名声也罢，坏名声也罢，都是建立在同一件事情上的：据说，而且从来没有任何人出面否认，他曾让一个死人起死回生。

尽管见多识广，阿布雷农肖还是被那个狂犬病人的情况震撼了。“人的身体被创造出来，不是为了受这样的罪的。”他说。他这番详尽而富有感情的评论，侯爵没敢漏掉一个字，等到他无话可讲了，侯爵才开了口。

“能为这个可怜人做点什么吗？”他问道。

“只能把他杀了。”阿布雷农肖答道。

侯爵看了他一眼，心中惊恐万分。

“如果是善良的基督徒，我们至少应该做到这一点。”医生无动于衷地继续说道，“您别担心，先生：这世上善良的基督徒还是要比我们想象的多一些。”

其实，他指的是住在城郊和乡村的各种肤色的贫苦基督徒，他们确实有胆量在得了狂犬病的家人的饭菜里下毒，好让他们在生命最后的时光里不要太过吓人。上世纪末，发生过一次全家人一块儿喝下毒汤的事件，因为谁都没有勇气单独毒死一个五岁的小男孩。

“人们都以为我们这些当医生的对发生的这一类事情一无所知，”阿布雷农肖总结道，“其实不然，可问题是要支持这样做我们又缺乏道德权威。于是只能反其道而行，对那些垂死之人做一些您刚才看见的那种事。我们把他们交托给圣休伯特，把他们绑在柱子上，让他们受更长时间的苦，死得更惨。”

“难道就没有别的什么办法吗？”侯爵问道。

“自打狂犬病首次爆发到现在，就从来没有过什么办法。”医生说。他又谈起一些过于乐观的文章认为狂犬病是一种可以治愈的疾病，并给出了好几种处方：地钱草、朱砂、麝香、水银，以及紫叶花。“净干蠢事儿。”医生说，“事实上是有些人会得这病，另一些人却不会得，于是人们就轻易地得出结论，说没得这病的是因为这些药起了作用。”他寻找着侯爵的目光，以确定他仍旧醒着，然后结束了他的谈论：

“您为什么对这事有这么大兴趣？”

“同情而已。”侯爵撒了谎。

他从车窗向外面看去，下午四点，大海一副无精打采的样子。发现燕子已经归来，他心头一紧。还没有起风，泥泞的海滩上，一群孩子正用石头追打一只迷途的鹈鹕。侯爵目送鹈鹕躲闪、飞翔，最后消失在城墙内闪闪发亮的穹顶间。

马车从一座被叫作“半个月亮”的土门进入城里，阿布雷农肖给车夫指着路，马车穿过布满作坊的喧闹城区，往他家驶去。这一路可不容易，奈普图诺已经年过七十，做事没一点主意，还是个近视眼，他更习惯的方式是让马自己顺着认识的路走，因为马比他还认路。当他们终于到了医生家，阿布雷农肖在门口用一句贺拉斯的诗句向他们道别。

“我听不懂拉丁语。”侯爵道歉说。

“您根本就没必要听懂！”医生说。当然，这句话他也是用拉丁语说的。

看样子侯爵是被深深触动了，他回到家中做的第一件事是他平生最怪异的举动。他吩咐奈普图诺去圣拉匝禄山把那匹死马收拾好，葬进一块圣地，第二天一大早，又给阿布雷农肖送去了他马厩里最好的一匹马。

泻药给贝尔纳达带来的轻松转瞬即逝，接着，为了扑灭五脏六腑里燃烧的火焰，她开始了一日三次的安慰性灌肠，或是一天六回的香皂热水澡，好让神经放松下来。刚结婚时的那种劲头现在已经荡然无存，想当年，她也曾以占卜师般的胸有成竹在商场上叱咤风云，成果辉煌，直到那个倒霉的下午，她认识了犹达斯·伊斯卡柳特，从此一蹶不振。

她是在某次集市上的一个围场里偶然看见他的，当时他身上几乎一丝不挂，没有任何保护，徒手在和一只公牛格斗。他看上去那么俊美，那么勇猛，她一见不忘。几天后，在狂欢节的昆比亚舞会上她又遇见了他，那一次她戴着面具，化装成一个女乞丐，身边簇拥着一大群装扮成侯爵夫人、穿金戴银、珠光宝气的女奴。犹达斯在一个看客围起的场子中央，跟付他钱的女人跳舞，还有人在焦急等待和他跳舞的女人间维持着秩序。贝尔纳达问他要多少钱。犹达斯一边跳一边回答说：

“半个里亚尔。”

贝尔纳达一把揭下了自己的面具。

“我是问买下你的一辈子要花多少钱。”她说。

犹达斯看出来了，露出的面孔和女乞丐可没多大关系。他推开自己的舞伴，迈着水手般的高傲步伐向她走来，好让她知道他价格不菲。

“五百金比索。”他说。

她用资深评估师的眼光打量了他一番。他身材魁梧，皮肤像海豹一样光滑，躯体曲张有致，窄窄的胯部，修长的双腿，两只手温润平和，与他的职业不大相符。贝尔纳达估测道：

“你有八拃高。”

“外加三西班牙寸。”他说。

贝尔纳达让他低下头，以便自己够得着看看他的牙齿，他胳肢窝里的氨气味儿熏得她心荡神移。他的牙齿完整、结实、排列整齐。

“你的主人要是以为会有人出一匹马的价钱把你买下，那他准是疯了。”贝尔纳达说道。

“我是自由之身，我自己卖自己。”他回答道，接着又拿腔拿调地补了一句：“太太。”

“叫侯爵夫人。”她说。

他向她行了一个宫廷式的鞠躬礼，搅得她喘不上气来，最终，她花了要价的一半把他买了下来。“就因为他看上去很舒心。”她是这样解释的。条件是，她尊重他自由人的身份，也给他继续和马戏团的公牛戏耍的时间。她把他安顿在离自己的卧室很近的一个房间里，那儿原来是马夫住的，从第一天晚上起她就脱得一丝不挂，虚掩房门，等候着他的到来，信心满满地以为他一定会不请自来。可是她足足等了两个礼拜，欲火烧身，彻夜难眠。

其实，自打知道了她的身份、看见了府邸内貌，他便立刻保持了仆人的距离。然而，当贝尔纳达不再等候他，插上房门、穿上睡袍睡觉，他却从窗户进了她的房间。他的汗臭味充斥在整个房间里，把她从梦中惊醒。她感到他像人身牛头怪似的喘着粗气，在黑暗中摸摸索索地寻找着她。压在她身上的躯体火辣辣的，一双捕猎的手抓住了她的领口，把睡袍撕成两半，耳边是他压低的嗓音："婊子，婊子。"从这个夜晚开始，贝尔纳达明白了：她这辈子再也没有别的渴求了。

她为他发狂。每晚他们一起到城郊去参加烛光舞会，他一身绅士打扮，长礼服加圆礼帽，都是贝尔纳达按他的喜好买给他的，起初她还把自己装扮成各色人物，后来索性就以本来面目示人。她让他浑身披金戴银：金链子、金戒指、金手镯，还给他牙上镶了钻石。当得知他和遇到的每个女人都上床时，她觉得自己就要死了，可最后她认命了，自甘残羹剩饭。就是在这段时间的一天里，多明伽·德阿德文托以为贝尔纳达在榨糖厂忙碌，午睡时间进了她的房间，撞见他们一丝不挂，在地上做爱。女奴把手停在了门环上，与其说是被吓住了，不如说看得眼花缭乱。

"别像个死人似的待在那里，"贝尔纳达冲着她大吼，"你要么滚开，要么就过来和我们滚在一起。"

多明伽·德阿德文托走开时用力甩上了房门，贝尔纳达听着就像一记耳光那样响亮。这天晚上，贝尔纳达把她找来，威胁她说，要是她敢把今天看见的事透露半个字，就让她吃不了兜着走。"您别担心，主人，"女奴对她说，"您有权禁止我做任何事情，我一定照办。"然后她又加了一句：

“可糟糕的是，我心里想什么您没法禁止。”

后来侯爵知道了这事，也假装毫不知情。说到底，他和妻子之间仍旧共有的只有谢尔娃·玛利亚，而他并没把她当成自己的女儿看待，而是当成妻子一个人的女儿。贝尔纳达则对女儿根本不上心。她把这个女儿远远地抛在了脑后，以至于有一回，她在榨糖厂待的时间有点儿长，女孩长个子了，模样也变了，回来后她竟然把她当成了别的女孩。她把女孩叫过来，打量了老半天，又盘问了半天她是怎么过活的，可就是没能从女孩嘴里套出哪怕一个字的回答。

“你和你爸一个样，”贝尔纳达对女孩说，“都是怪物。”

侯爵那天从圣爱医院回家后，两人仍保持着各自先前的态度，侯爵向贝尔纳达宣布，他决定用作战式手段掌控家中大权。他的口气是那样强硬，容不得贝尔纳达反驳。

他做的第一件事就是把女儿的祖母——老侯爵夫人——的卧房归还给孩子，当年是贝尔纳达把女儿从这间卧房赶走，让她去和奴仆们住在一起的。虽然到处都蒙上了一层灰土，这间卧房的辉煌气派却不减当年：帝王级别的大床上闪闪发光的黄铜部件一直被女奴们当成纯金的；蚊帐是用新娘才用的纱幔做成的，各式各样的金银丝带让人眼花缭乱，雪花石洗脸池旁放着数不清的香水瓶，梳妆台上整整齐齐地排列着各色化妆品；尿壶、瓷质痰盂、吐漱口水用的小盅之类物品应有尽有：老太太因患风湿病瘫痪在床，她梦想有朝一日能把这个梦幻般的世界留给自己的女儿，可她从未生育过女儿，又想留给孙女，可到死她也没能见上这个孙女。

女奴们收拾这间卧房的同时，侯爵忙于在家中建立自己的法度。他把躲在拱廊的阴凉里打瞌睡的奴隶们都轰了出去，又吓唬他们说，要是再看见他们在角落里解手，或是关起门来赌钱，就要用鞭子抽他们，还要把他们监禁起来。这些并不是什么新规定。在贝尔纳达掌权、多明伽·德阿德文托充当执行官的年月里，这些规定执行得比现在严厉得多，当年侯爵也曾当众得意扬扬地宣扬他那句历史性的名言：“在我的家里，我不用发号施令，只须服从。”可是后来，贝尔纳达深陷于可可之中不能自拔，多明伽·德阿德文托又死了，奴隶们便悄悄地钻了空子，先是女人们把孩子带过来帮忙做点小事，后来男人们也都偷起懒来，躲在走廊里乘凉。那时，贝尔纳达被破产的幽灵吓得半死，就让奴隶们上街去自己讨饭吃。在一次危急时刻，她甚至决定，只留三到四人照料家务，其余的一律放出去，但侯爵却不讲理地反对道：

“要是他们一定会饿死，就让他们死在这里好了，总比死在荒郊野外强。”

谢尔娃·玛利亚被狗咬后，侯爵不再墨守这些简单的成式。他找来一个既有威望又值得信赖的奴隶，授予他权力，向他下达的严厉指令连贝尔纳达都为之一惊。当天晚上，这座府邸自多明伽·德阿德文托死后第一次显得井然有序，侯爵在女奴的棚屋里找到了谢尔娃·玛利亚，她和五六个年轻的女黑奴一道睡在横七竖八、高高低低的吊床上，侯爵把她们全叫了起来，向她们宣布了新政权的规定。

“从今天起，这个女孩要住在自己家里，”他告诉大家，“你们大家都听好了，在这个王国里，她只有一个家，那就是白人的家。”

他想把她抱去卧房的时候，女孩一直在反抗，他不得不让她明白这个世界是由男人统治的。到了老祖母的卧房，他给她脱下女奴们穿的粗布衬裙，换上睡衣，女孩始终一言不发。贝尔纳达站在房门口看着他们：侯爵坐在床边，女孩站在他面前毫无表情地看着他，扣眼是新的，侯爵费了好大劲儿也没能把扣子扣上。贝尔纳达忍无可忍了。“你们俩怎么不结成两口子呢？”她嘲笑道。侯爵没理她，她又说道：

"到时候产下个土生的女侯爵崽子，长着一双母鸡的脚，卖给马戏团也能挣不少钱呢。"

她也有了些许变化。虽说她的笑声依然疯狂，脸上却少了些尖刻的表情，在她的不知廉耻底下沉淀了些许同情，侯爵却没能察觉。刚觉得她走远了，侯爵便对女孩说道：

"她是个脏女人。"

侯爵觉得女孩闪现了一丝兴趣的火花。"你知道脏女人是什么意思吗？"他问女孩，渴望她能有所回应。谢尔娃·玛利亚没有答话。她听任自己被放倒在床上，听任自己的头被安置在羽毛枕头上，听任还散发着松木箱气味的麻布被单一直拉到她的膝盖处，却看也没看侯爵一眼。侯爵感到心里一阵颤动：

"你睡觉前做祷告吗？"

女孩还是没看侯爵一眼，她蜷起身子——这是在吊床上养成的习惯——连晚安也没说就睡着了。侯爵小心翼翼地把蚊帐拉好，免得蝙蝠在她睡着的时候来吸她的血。已经快十点钟了，因赶走了奴隶而清静了不少的府邸里充斥着女精神病人的吵闹声，让人受不了。

侯爵放出猎犬，它们都像受了惊似的向老祖母的卧房窜去，呼哧呼哧地喘着粗气，围着门缝嗅来嗅去。侯爵用手指挠了挠它们的头，用一则好消息让它们安静了下来：

“是谢尔娃，从今晚起她就和我们住在一起了。”

疯人院里的女病人们一直唱到夜里两点，侯爵睡得又少又糟糕。鸡叫头遍，侯爵起了床，第一件事就是到女孩的房间去，可她已经不在那里了，而是在女奴们的棚屋里。离她最近的那个女奴被叫醒时吃了一惊。

“是她自己跑来的，老爷，”没等侯爵开口问话，她抢先说道，“我连知都不知道。”

侯爵知道她说的是实话。他问谢尔娃·玛利亚被狗咬的时候是谁陪在她身边。她们当中唯一一个穆拉托女奴，叫卡莉达·德尔科布雷的，吓得哆哆嗦嗦地说是她。侯爵叫她别害怕。

“从今往后，你就把自己当成多明伽·德阿德文托，像她那样照料她。”

侯爵向她说明了她的职责。他提醒她要寸步不离地跟着女孩，要爱护她，理解她，但不要宠惯她。他说他马上会在奴隶们的院子和府邸其余的房子之间修一道带刺的篱笆，最要紧的便是不要让她越过这道篱笆。早上醒来之后，晚上睡觉之前，不等他开口询问，就必须把情况一五一十地汇报给他。

“做什么，怎么去做，都要想仔细了，”侯爵最后说道，“我的命令执行得好坏，就看你了。”

早上七点，侯爵先把猎犬都关进笼子里，之后便去了阿布雷农肖的家。医生亲自给侯爵开的门，因为他既没有奴隶也没有仆人。侯爵一上来就先表达了歉意。

“这个时候登门造访一定很唐突。”

医生刚刚收到侯爵相赠的马匹，心存感激，诚心诚意地接待了侯爵。他领着他穿过院子，来到一个棚子下，那里过去是个打铁的地方，现在只剩下一个破烂不堪的炉子。一匹漂亮的两岁大的枣红马因为离开了旧槽，看上去有点躁动不安。阿布雷农肖拍拍马的脸，安抚着它，一面对着马耳朵用拉丁语嘟囔了几句不着边际的许诺。

侯爵告诉他，那匹死了的马已经被埋在了圣爱医院的老果园里，那是霍乱时期埋葬有钱人的墓地。阿布雷农肖对侯爵这一特别的善举深表感谢。他们聊天的时候，他注意到侯爵站在一定的距离之外。侯爵承认自己从来没敢骑过马。

“我害怕马，也害怕鸡。”他说。

“真遗憾，人类正是因为缺乏和马的交流才止步不前的，”阿布雷农肖说道，“如果什么时候消除了这种障碍，我们就可以造出半人马来。”

屋内，朝向大海开着两扇窗户，十分明亮，房间的布置显出无可救药的单身汉那种过于讲究的风格。空气里飘散着一股药膏的香味，使人不由得对医药产生一种信任感。写字台上整整齐齐，玻璃柜里满满当当地摆着各种小瓷瓶，上面都贴着拉丁文的标签。他那架治病用的竖琴被弃置于房间的一个角落，上面落了一层金黄色的尘土。最引人注目的是书籍，好多都是拉丁文的，书脊的装饰精致华美。书要么放在玻璃书橱里和敞开的书架上，要么被很小心地摞在地板上，医生在字纸围成的狭窄通道里穿行自如，如同一头犀牛穿行在玫瑰丛中。看到这么多的书，侯爵有些惊诧。

“所有能知道的知识大概都在这间房子里了吧。”他说。

“书是一点用处都没有的，”阿布雷农肖心情很好，“我这一辈子都耗在医治别的医生用他们的药治出的病上了。”

医生从那把专属于他的大安乐椅上赶走了一只睡觉的猫，让侯爵坐下，又在他的炼丹炉上煮了一杯草药茶递给侯爵，然后对侯爵大谈特谈他的从医经历，直到发现侯爵对这些事失去了兴趣。确实如此：侯爵突然站起身来，背对医生，从窗口瞭望空旷的大海。最后，还是那样背对着医生，他找到了开口说话的勇气。

“大夫。”他嘟囔道。

阿布雷农肖没预料到他会叫自己。

“嗯？”

“在医生严格保守医疗机密的前提下，我只向您一个人坦白：大家说的都是真的，”侯爵的声音里透着一种庄重，“那条疯狗也咬过我的女儿。”

说完他看向医生，看到的是一个平静的灵魂。

“这事我知道，”医生说，“我猜想这就是您一大早到我这里来的原因。”

“正是如此。”侯爵答道。他把先前就医院里那个被狗咬的人提的问题又问了一遍：“我们能做点什么吗？”

这回，阿布雷农肖一改头一天那种粗鲁的回答方式，要求见一见谢尔娃·玛利亚。这正中侯爵下怀。意见一致，马车就等在大门口。

到了府邸，侯爵看见贝尔纳达正独自坐在梳妆台前梳理头发，一副卖弄风骚的样子，很多年以前他们最后一次做爱时他看见过这样子，如今早已忘得一干二净。房间里弥漫着她的香皂那春天般的芳香气息。她从镜子里看见了侯爵，不动声色地问了句：“我们是什么人物呀，能这样随随便便把马送给别人？”侯爵避而不答，从乱七八糟的床上捡起一件日常穿的长袍，扔在贝尔纳达身上，毫不留情地说道：

"把衣服穿上，医生来了。"

"还是让上帝来救救我吧。"她说。

"不是来给您看病的，虽说您病得也不轻，"侯爵说，"是给孩子看病。"

"对她不会有任何用处的，"她说，"她要么死要么不死：没别的可能了。"可说完她的好奇心又占了上风："请的是谁呀？"

"阿布雷农肖。"侯爵告诉她。

贝尔纳达惊骇不已。她宁愿就这样光着身子孤零零地死掉，也不会把自己的名誉交到这样一个伪善的犹太人手中。这人曾是她父母的医生，他们都恨透了他，因为他常常为了吹嘘自己的诊断泄露病人的病情。侯爵站到了她面前。

"尽管您不愿意，而我更不愿意，但您终究是孩子的母亲，"他说，"正是出于这样一种神圣的权利，我请求您准许这次检查。"

"我无所谓，你们想干吗就干吗吧，"贝尔纳达说，"就当我死了。"

出乎意料的是，女孩毫不忸怩地接受了对她身体的仔细检查，甚至带着一种观察发条玩具似的好奇。"我们医生看病靠的是两只手。”阿布雷农肖这样对她说。女孩很开心，第一次对他露出了笑容。

女孩的健康状况显然毫无问题，她的神情看着孤苦伶仃，可她的身材十分匀称，布满了若有若无的金黄色茸毛，一副蓓蕾初开的样子。她牙齿齐整，眼睛炯炯有神，两脚沉稳，双手灵巧，每一绺头发都预示着这孩子能长命百岁。她愉快而不容置疑地回答了种种巧妙的问题，不是十分了解她的人根本听不出来她的回答没有一句是实话。直到医生摸到她脚踝下方那处伤口时，她才紧张起来。狡黠的阿布雷农肖抢先问道：

“你跌过跤吗？”

女孩眼睛眨也不眨地回答：

“从秋千上摔下来过。”

医生自言自语地说起了拉丁语。侯爵打断了他：

“请您讲拉迪诺语。”

“这话不是说给您听的，”阿布雷农肖说，“我这是在用中古的拉丁语思考。”

阿布雷农肖的这套把戏让谢尔娃·玛利亚感到很开心，最后他又把耳朵贴在她胸口听诊。女孩的心脏像是受了惊，怦怦乱跳，皮肤上渗出苍白冰冷的汗珠，隐隐散发出洋葱的气味。医生检查完，亲切地拍了拍她的脸颊。

“你很勇敢。”他说。

等到单独和侯爵在一起时，医生对侯爵说，这孩子其实知道那是条疯狗。侯爵一时没有听懂他的话。

“她跟您撒了好多谎，”侯爵说，“但并没有提过这件事啊。”

“不是她告诉我的，先生，”医生说，“是她的心告诉我的：她的心跳得就像一只关在笼子里的小青蛙。”

侯爵细细回味女儿说过的那些令人吃惊的谎话，非但没有生气，反倒有一种做父亲的骄傲。“说不定这孩子以后会成为诗人。”他说。阿布雷农肖不赞同撒谎是一种艺术天分的想法。

“话说得越透亮，才会越有诗意。”他说。

医生唯一无法解释的是女孩的汗水为什么会散发出洋葱味。由于对气味和狂犬病之间到底有什么关系一无所知，他就认为那算不上是什么病症。后来侯爵从卡莉达·德尔科布雷那里得知，谢尔娃·玛利亚悄悄地试过奴隶们的法子，他们让她嚼一种叫刺藤黄的药膏，又脱光她的衣服把她关在洋葱窖里，说这样能抵抗狗的妖术。

阿布雷农肖直言狂犬病的种种细节。“咬的伤口越深，离脑部越近，最初发作起来就越严重，也越快。”他说。他回忆起他过去的一个病人，那人五年之后才死，但不能确定的是，那人会不会后来受过别的感染而自己毫无察觉。很快就结痂不能说明任何问题：在一段无法预知长短的时间之后，伤疤可能会肿胀、溃烂、化脓。临死时的痛苦不堪忍受，可谓生不如死。到了那个时候唯一能做的就是向圣爱医院求助，那里有几个训练有素的塞内加尔人专门对付发了疯的异教徒和中了邪的人。否则，侯爵本人就得承担起责任，把女孩用链子拴在床上，直到她死去。

“在人类已经很漫长的历史上，”他这样结束了他的谈论，“还没有哪一个狂犬病患者可以活下来给人讲这些事情。”

侯爵做出决定：不管是什么样的十字架，也不管有多重，他都要扛起来。这女孩要死也得死在自己家里。医生报以与其说是尊敬不如说是怜悯的眼神。

“从您的角度来说，没有比这更高尚的做法了，先生，”他对侯爵说，“我坚信以您的灵魂所具有的勇气，您一定撑得住。”

他再一次强调说，看上去不是很要紧，受伤部位离危险区域很远，也没有人记得那里出过血。可能性最大的是谢尔娃·玛利亚根本没得狂犬病。

“那这段时间还该做些什么呢？”

“这段时间，”医生说，“为她演奏音乐，给家里放满鲜花，让小鸟唱唱歌，带她去看看大海边的黄昏，为她做一切能使她快乐的事情。”医生告别时在空中挥了挥礼帽，用拉丁语说了句客套话。可这回他出于对侯爵的尊敬把这句话翻译了过来：“凡是幸福无法治愈的，任何药物也都无法治愈。”

二

没有人知道侯爵是怎么走到如此狼狈的地步的，也没人知道他为什么要维持如此糟糕的婚姻，而未在当年选择过一种鳏夫的平静生活。他本可以凭借父亲的显赫权势畅所欲为，要知道他的父亲侯爵一世曾是圣地亚哥骑士团的骑士、靠绞架和刀剑发家的黑奴贩子、毫无心肝的军团长官，国王陛下曾不吝赐予他各种荣耀和俸禄，亦从未对他的种种劣行加以惩处。

伊格纳西奥作为唯一的继承人，却没能显示任何本领。他在成长的过程中不断表现出无可否认的智力迟缓的迹象，到了该知书达理的时候却仍是一个大字不识，也没爱过任何人。他体验的第一个生命征候在他二十岁的时候出现，当时他坠入爱河，准备娶被关在神圣牧者疯人院里的一个女病人为妻，她们的歌声和号叫声曾是他童年的摇篮曲。她叫杜尔丝·奥莉维亚，是一个给王室制作皮革用品的家庭的独生女，从小就被迫学做马鞍，以免这个有着近两百年历史的家族手艺在她手里失传。硬着头皮闯入属于男人的行业，这是人们能给出的造成她精神失常的原因，她疯得太厉害，连让她明白不能吃自己身上的虱子都是一项十分艰巨的任务。如果不考虑这点，对一个愚钝的土生侯爵来说，她倒是一个非常不错的结婚对象。

杜尔丝·奥利维亚天性活泼，脾气很好，轻易发现不了她是个精神失常的人，年轻的伊格纳西奥从第一次看见她起，就能从露台上乱哄哄的人群中辨出她来，也就是那一天，他们通过打手势互通心意。她是个扎风筝的能手，用小纸鸽给他传递信息，而他正是为了与她通信才学会了读书写字，这段正正当当的恋情就这样开始了，但注定得不到理解。老侯爵吓坏了，逼迫儿子当众否认。

“首先，这是真事儿，”伊格纳西奥回答道，“而且我已得到她的允许，准备向她求婚。”对于她是精神病人一说，他这样反驳：

“一个疯子，只要有人能接受他的逻辑，他就不能算是疯子。”

父亲以他原本不屑行使的一家之主的权威把他赶到了庄园里。伊格纳西奥成了活死人。除了母鸡之外,他什么动物都害怕。然而,在庄园里,他近距离地观察了一只活母鸡,在脑海里把它想象成一头母牛那么大,既而意识到母鸡是一种比水里陆上其他任何生物都要可怕得多的怪物。夜色深沉时,他浑身冒冷汗,而破晓时分醒来时又因牧场那吓人的静寂而喘不上气来。一条眼睛眨也不眨地守在他卧房门口的猎犬,反而比其他任何威胁都更令他感到不安。他曾这样说:“我活在自己竟然还活着的恐惧当中。”在流放的日子里,他养成了阴郁的性格,为人处事小心翼翼,好沉思冥想,总是无精打采,说话慢吞吞的,从此,他仿佛因身负一项神秘天命而被关进了修道院的单人清修房间一般。

在流放的第一年里,有一回他在睡梦中被巨大的响声惊醒,那声音就像发洪水,那是一个满月的夜晚,庄园里的牲畜都悄无声息地从过夜的圈栏里跑到了旷野中。它们沿着一条直线,一声不吭,把一切挡道的东西都踩倒在地,穿过牧场和甘蔗田,蹚过湍急的河流和沼泽地。打头阵的是大牲畜群,外加驮马和走马,后面跟着猪羊和各种家禽,它们排成怪异的行列,消失在黑夜中。就连擅长长途飞行的鸟儿们,包括鸽子,也都大摇大摆地步行离去。清晨,留下的唯有那条守在主人房门口的猎犬,从那时起,侯爵便和那条猎犬以及后来陆陆续续养在府中的其他猎犬结下了近乎人类间的情谊。

年轻的伊格纳西奥心中充满了对荒芜庄园的恐惧，他最终放弃了自己的爱情，屈从于父亲。父亲并未满足于儿子在爱情上做出的牺牲，在遗嘱里列下条款，命儿子娶一位西班牙显贵的女儿为妻。就这样，伊格纳西奥在一场豪华铺张的婚礼上迎娶了堂娜奥拉娅·德门多萨，这是一个长相漂亮又多才多艺的女子，可伊格纳西奥碰也没碰过她，根本不给她生孩子的机会。除此之外，他继续过着他有生以来一直在过的生活：一个无用无能的单身汉的生活。

堂娜奥拉娅·德门多萨把他带回了人间。他们一起去望大弥撒，与其说是出于信仰不如说是为了去亮相，她穿着镶了重重叠叠花边的裙子，披肩闪闪发光，头巾上的花边按照卡斯蒂利亚白人女子的法子浆过，身后跟着一群身着绫罗绸缎、披金戴银的女奴。她脚上穿的不是那种连最讲究的女人去教堂时都会穿的居家便鞋，而是一双山羊皮缝制的饰有珍珠的高筒皮靴。其他有钱有势的男人都戴着不合时宜的假发，衣服上的扣子都是用绿宝石做的，侯爵和他们不一样，他身穿棉布衣裳，头戴一顶白色礼帽。不过他都是被迫去参加这些公众活动的，因为他始终无法克服对社交生活的恐惧。

堂娜奥拉娅曾在塞戈维亚拜斯卡尔拉提·多梅尼克为师，而且获得了在学校和修道院教授音乐和唱歌的资格。她从娘家带来了一架拆散了的古钢琴，自己把它组装好，还带来了几件弦乐器，并以卓越的技艺弹奏和教学。她成立了一个见习修女乐团，每到下午，府邸里便飘荡着来自意大利、法国和西班牙的新曲调，人们说，这个乐团一定是受圣灵抒情诗的启示而诞生的。

侯爵似乎对音乐一窍不通。按法国人的说法，他是艺术家的手、炮兵的耳。可自打乐器从箱子里取出来的那一天起，他就迷上了那把意大利古诗琴，它那奇特的双琴头、巨大的指板、众多的琴弦和清澈的声音令他痴醉。为了让他弹得和自己一样出色，堂娜奥拉娅费尽了气力。他们一上午接一上午地在果园里的大树下磕磕巴巴地演奏，她满怀爱意，竭尽耐心，他则像石匠一样执着，直到忏悔的牧曲心悦诚服地把自己交到他们手中。

琴瑟和谐发展到了一定程度，堂娜奥拉娅鼓足勇气迈出了一直没能迈出的那一步。一个风雨交加的夜晚，她也许是装出了一副害怕的样子，来到了从未亲近过的丈夫的卧室。

“这张大床有一半是我的，”她对他说，“我现在来要回我的那一半。”

侯爵不为所动。她也毫不动摇，满怀信心地认为无论是讲理还是用强，总有打动他的那一天。但是，十一月九号这天，空气纯净，天高云淡，他们正在柑橘树下弹琴，突然一道闪电使他们眼前一黑，天崩地裂一声巨响，堂娜奥拉娅被闪电击中身亡。

满城的人都被这事震惊了，议论纷纷，说这个悲剧一定是什么不可饶恕的罪孽引得天怒爆发所致。侯爵下令举办女王级别的葬礼。在葬礼上，他头一次身穿黑色塔夫绸露面，面色憔悴，这副样子将跟随他一辈子。从墓地回来，他惊异地发现，纷纷扬扬的小纸鸽像雪花似的飘洒下来，落在果园里的柑橘树上。他随手抓住一只，拆了开来，看到上面写着：那道闪电是我发出的。

在九天的祭祀结束之前，侯爵把他继承下来的遗产的重头都捐给了教会：蒙波斯和阿亚佩尔的两处牧场、距离此处只有十来西班牙里的马阿特斯的两千公顷土地、好几群驮马和走马、一座农场以及那座加勒比沿岸最好的榨糖厂。然而，他的财富之所以披上传奇色彩凭借的却是那片闲置的辽阔无垠的庄园，人们早已不记得它的边界，在想象中，它越过了拉瓜里帕沼泽和拉普雷萨低地，直抵乌拉巴丛林。他留下的只有那座庄严的府邸、那个已经缩小到不能再小的奴隶们住的院子，以及马阿特斯的榨糖厂。他把家中的管理大权交给了多明伽·德阿德文托。老迈不堪的奈普图诺从侯爵一世开始就当车夫，侯爵维护了他的尊严，让他照看家中已经所剩无几的马匹。

他第一次孤身一人待在先人留下的阴沉沉的大宅里，夜不能寐，怀着土生贵族与生俱来的恐惧，生怕睡梦中被奴隶杀害。他经常从梦中惊醒，恍然不知那些从天窗偷窥的炽热眼神到底来自阳世还是阴间。他会踮起脚尖走到门口，突然打开房门，让正从锁眼里偷看他的奴隶吃上一惊。他感觉到他们迈着老虎般的脚步悄无声息地在走道里窜来窜去，身上一丝不挂，涂满了椰子油，以免被人捉住。深受种种恐惧的折磨，侯爵下令家里的灯火要一直点到天明，并把逐渐占据了各处空间的奴隶全都赶了出去，又给家里带回了第一批受过格斗训练的猎犬。

大门关上了。法式家具上的天鹅绒因为受潮发出臭味，被整个儿清理掉了，挂毯、瓷器和精美时钟也给卖掉了，被拆空的房间里炎热难当，于是挂上了几张牛蒡草编的吊床。侯爵再也不去望弥撒，也不再静修，宗教游行时也不再举着至圣至灵的华盖，不再过各种宗教节日，也不遵守斋戒，但仍坚持按时向教堂缴纳税金。他把吊床当成了自己的庇护所，在昏昏欲睡的八月里睡在卧室，但几乎总是在果园里的柑橘树下睡午觉。那些疯女人朝他扔厨房的垃圾，喊各种挑逗的脏话，可当有一天政府向他提出要把疯人院迁走的时候，他却因为对这些疯女人心存感激而断然拒绝了。

意中人的冷落使杜尔丝·奥莉维亚感到气馁，她靠回味从未发生过的事情获得安慰。只要一有机会她就从果园里的小门逃出神圣牧者疯人院。她用满怀善意的食物收服了那些猎犬，用睡觉的时间来照料这座从来也不属于她的大宅，她用罗勒草编成的扫把打扫，以求好运，又在卧室里挂起一串串的蒜辫驱赶蚊虫。多明伽·德阿德文托是那种对什么事都要求万无一失的人，她到死也没弄明白为什么早上起来走廊里总是比头天晚上干净许多，又为什么她归置好的东西第二天早上总会变了次序。直到丧妻快一年的时候，侯爵才第一次在厨房里撞见杜尔丝·奥莉维亚，她正在清洗厨房里的家什，因为她觉得女奴们洗得太马虎。

“我没想到你这么大胆。”侯爵对她说。

“这是因为你一直都是个可怜虫。”她说。

就这样，他们之间被禁的友谊又得以恢复，并且至少一度与爱情相像。他们常常聊到天亮，既无幻想也无怨恨，就像一对注定要回归平淡的老夫老妻。他们觉得自己很幸福，兴许也真的幸福，直到他或她多说了一句或是少走了一步，于是这一夜就完全变了味儿，成了汪达尔人之间的战场，连猎犬们都会垂头丧气。于是，一切又会回到起点，杜尔丝·奥莉维亚会从这个家消失很长一段时间。

侯爵坦诚地告诉她，他蔑视地产、改变生活态度，并非出于虔诚，而是当他看见妻子的身体被闪电烧焦时，一下子失去了信仰，取而代之的是恐惧。杜尔丝·奥莉维亚主动安慰他，对他说从今往后无论在厨房还是在床上都将做他温顺的奴隶，但侯爵还是不为所动。

“我这辈子再也不会结婚了。”他对她发誓。

然而，只过了不到一年的光景，侯爵就悄悄地娶了贝尔纳达·卡布雷拉，她父亲曾是老侯爵的总管，后来靠做进口食品生意发了财。他们是在她父亲让她送盐渍鲱鱼和黑橄榄到侯爵家时认识的，这些都是堂娜奥拉娅的至爱，她死后，贝尔纳达继续给侯爵送这些东西。一天下午，贝尔纳达在果园里的吊床上发现了他，并读出了他左手皮肤上的命运符号。她算得很准，侯爵惊叹不已，从此以后一到午睡时间就派人把她叫来，即使他什么也不买。可是，两个月过去了，侯爵一点主动的迹象也没有，于是她就替他做了。在吊床上，她猛然骑在了侯爵身上，用他长袍的下摆堵住他的嘴，几乎让他背过气去。就这样，她以一种侯爵在自慰带来的可怜兮兮的欢愉中想象不到的热情和技巧使他重新焕发了生机，毫不留情地剥夺了他的童贞。此时侯爵已经五十二岁，她则只有二十三岁，但相比之下，年龄差异带来的危害算是最微不足道的。

午睡时分，在柑橘树福音般的阴凉下，他们继续这样做爱，无心无肺，匆匆了事。女疯子们在露台上唱着肆无忌惮的歌给他们鼓劲，为他们的每一次成功爆发出体育场里那种雷鸣般的掌声。不等侯爵对渐渐逼近的危险有所察觉，贝尔纳达便告诉他自己已经有了两个月的身孕，把他从麻木中惊醒。她提醒侯爵，她不是黑人，她是一个拉迪诺印第安男人和一名卡斯蒂利亚白人女子的女儿，所以，弥补她名誉的唯一办法就是举行一场正式的婚礼。侯爵迟迟不作答复，直到有一天她的父亲斜挎着一杆老式火枪，在午睡时分敲响了他家的大门。他说话慢条斯理，态度温和，没有直视侯爵的眼睛，而是把枪递了过去。

“您认识这是什么吗，侯爵先生？”他问道。

侯爵手里拿着火枪，有点不知所措。

“要我说，我觉得这是一杆火枪。”侯爵说，然后带着真诚的好奇问道：“您拿它干什么用呢？”

“保护我不受海盗的欺负，先生，”印第安人说这话时还是没去看侯爵的脸，“我现在把它带来，是希望在我动手杀死阁下之前，您开开恩先把我杀了吧。”

说完他直视侯爵的脸，那双小眼睛悲伤而默然，可侯爵还是读懂了那些没有说出来的话。他把火枪还给了他，邀请他进屋庆祝协议达成。两天后，附近一座教堂的神父主持了婚礼，出席的有贝尔纳达的父母和双方的教父教母。婚礼结束时，萨坤达不知从哪儿冒了出来，给新婚夫妇戴上了象征幸福的花冠。

一天清晨，在一场迟来的暴风雨中，被怀了不足七个月的万圣护佑的谢尔娃·玛利亚在人马座下艰难诞生，她看上去就像一只透明无色的小蝌蚪，脐带缠在脖子上，差点把她勒死。

“是个女孩，”接生婆说，“我看她活不了。”

这时，多明伽·德阿德文托向她的神灵许愿，说只要让这孩子活下来，她的头发将一直留到新婚之夜再剪。许愿的话声未落，女孩哇地哭出声来。多明伽·德阿德文托高兴地大声唱道：“她会成为一位圣女！”侯爵并没有这样的先见之明，他见到女孩的时候，她已经被洗得干干净净，穿好了衣服。

“她会成为一个婊子，”他说，“要是上帝肯赐予她生命与健康的话。”

这个女孩，一个贵族与一个平民结合而生的女儿，像个弃婴一般过完了童年。母亲给她喂了唯一一次奶之后就视她为仇敌，不肯把她带在身边，说是害怕自己会杀了她。是多明伽·德阿德文托把她喂养长大，给她施了基督教洗礼，同时把她奉献给了奥罗昆，这是约鲁巴族的一位神灵，性别不明，面容据猜测十分可怕，只能在睡梦中见到，而且总戴着面具。谢尔娃·玛利亚在女奴们的院子里长大，还不会说话就学会了跳舞，又同时学会了三门非洲语言，学会了在斋戒期间喝公鸡血、在基督徒中间来无影去无踪地穿行，像个无影无形的精灵。多明伽·德阿德文托在她周围安排了一大群欢乐的女黑奴、梅斯蒂索女佣和印第安女跟班，她们用据说对她有好处的水给她洗澡，用叶玛雅[①] 的马鞭草净化她的心灵，像照看玫瑰园一样照看她那头瀑布似的长发——她五岁的时候已经长到齐腰长。时光流逝，女奴们一串接一串地给她戴上了代表各种各样的神灵的项链，总共有十六串。

就在侯爵整日在果园里消磨时光的时候，贝尔纳达已经用她的铁腕掌握了家里的大权。她的第一项作为就是在老侯爵往日权势的庇护下，把被丈夫散去的家财补回来。当年老侯爵曾获准在八年内卖出五千名奴隶，条件是每进口一名奴隶必须同时进口两桶面粉。经他云山雾罩的一番游说，再给海关人员一些好处，他卖掉了规定量的面粉，但私底下又多卖了三千名奴隶，这使他一举成为他那个世纪最飞黄腾达的个体商贩。

①约鲁巴人敬奉的女海神。

是贝尔纳达意识到，最赚钱的买卖不是奴隶，而是面粉，不过，实际上她的大笔生意主要靠的是她那不可思议的说服人的本领。仅靠在四年内进口一千名奴隶、每个奴隶搭配三桶面粉这样一项许可，她就发了大财：她卖掉了协议规定的一千名奴隶，但她并非只进口了三千桶面粉，而是一万两千桶。这是那个世纪规模最大的走私。

她有一半时间待在马阿特斯榨糖厂，她在那里建立了自己的办事中心，原因是那里离马格达莱纳河最近，同总督管辖区的内陆交通方便。不时会有关于她发了财的零星消息传到侯爵府来，但她从不向任何人透露账目。而住在府邸里的时候，甚至在她陷入危机之前，她总像是另一只被关在笼子里的猎犬。多明伽·德阿德文托说得好："她的身体已经装不下她的屁股了。"

她的老女奴死后，谢尔娃·玛利亚第一次在这座府邸里有了自己稳定的居所：人们把老侯爵夫人住过的豪华卧室给她收拾了出来。他们请了一位家庭教师给她教伊比利亚半岛的西班牙语，也讲点算术和自然科学的基本常识。家庭教师竭尽全力想教会她读书写字，她拒绝了。据她自己说，她根本就理解不了那些字母。一个从世俗学校来的女教师启发她欣赏音乐，女孩表现出了兴趣和良好的品位，可她对学习任何一种乐器都没有耐心。女教师惊愕之余辞去了工作，告别时对侯爵说：

“与其说这女孩对任何事情都关上了大门，不如说她根本就不是这个世界的人。”

贝尔纳达也曾想抚平自己对女孩的怨气，但事实很快就证明，责任既不在她这边，也不在女孩那边，水火不容的是她们的天性。从自以为发现女儿身上有一种幽灵似的特质开始，她就总是心悬一线。只要想到自己一回头就可能看见那个郁郁寡欢的女孩——身上穿着薄薄的纱裙，疯长的头发已经披到脚踝，两只眼睛神秘莫测——她就不寒而栗。“丫头！”她大声训斥，“不许这样看着我！”每当全神贯注地投入到生意当中，她总感觉脖子后面有一条蛇伺机而动，发出嘶嘶的声响，这时她就会吓得跳起来。

“丫头！”她会高声嚷道，“你进来之前出点儿声好不好！”

而女孩总会用一长串约鲁巴语让她更加恐惧。到了夜里情况就更糟糕，因为贝尔纳达常常从梦中惊醒，感到有人触碰她，其实是女孩站在床脚看她睡觉。给她手腕上拴上铃铛也不管用，因为谢尔娃·玛利亚一举一动都悄无声息，铃铛根本不会发出响声。“这孩子身上唯一属于白种人的东西就是她皮肤的颜色。”她妈妈这样说。这话一点不错，因为女孩甚至给自己起了一个非洲名字：玛利亚·曼丁加。

一天早晨，潜伏在她们之间的危机爆发了：贝尔纳达因为服用了过多的可可饼，早晨醒来时口渴得要命，却发现水罐底漂浮着谢尔娃·玛利亚的一个洋娃娃。她并不认为这只是漂在水里的一个洋娃娃，而把它想成更恐怖的东西：一个死洋娃娃。

她坚信这一定是谢尔娃·玛利亚在对她施一种非洲巫术，于是狠下决心：这家里有我无她。侯爵怯生生地试图调解，可贝尔纳达干脆地打断了他："要么留她，要么留我。"就这样，谢尔娃·玛利亚又回到了女奴的棚屋里，就连她妈妈去榨糖厂的时候也不例外。她还是像刚出生时那样静默，也还是一个大字不识。

但贝尔纳达的状况仍不见好转。她一心想留住犹达斯·伊斯卡柳特，不惜让自己变得像他，在不到两年的时间里，她的生意和生活便都出了问题。她常常把他打扮成努比亚海盗、金杯纸牌里的A或是梅尔基奥王，把他带到郊外，特别是在大帆船停泊在港口、举城狂欢的那半年里。他们随心所欲地光顾城外的酒馆和妓院，那都是为从利马、波托韦罗、哈瓦那和维拉克鲁斯来的商人们开的，这些人为争夺整个新大陆的商品和货物而来。一天晚上，在一家为划船奴开的酒馆里，喝得醉醺醺的犹达斯神秘兮兮地靠近了贝尔纳达。

"张开嘴，闭上眼睛。"他对她说。

她照他说的做了，于是他在她的舌头上放了一片瓦哈卡的神奇巧克力。贝尔纳达尝出了味道，把那玩意儿吐了出去，因为她从小就特别厌恶可可。可犹达斯劝她说，这是一种神圣的东西，吃了能愉悦身心、增强体力，还能让人精力充沛、性欲旺盛。

贝尔纳达爆发出一阵大笑。

“要真是这样的话，”她说，“那圣克拉拉修道院的小修女们早都变成斗牛了。”

她吃发酵蜂蜜上了瘾，结婚前她就和班上的同学一起吃，而现在，被榨糖厂炎热的空气包围，不光是嘴，她的五种感官都在享用这东西。她跟着犹达斯学会了嚼烟叶和掺了号角树燃烧后的余烬的古柯叶，像内华达山的印第安人那样。在小酒馆里，她尝过印度大麻、塞浦路斯松节油、里尔－德卡托尔塞的佩奥特掌，也至少尝过一次由菲律宾商人带来的中国鸦片。不过，她对犹达斯为可可做的宣传也并非充耳不闻。把各种东西品了一圈之后，她知道了可可的好处，这玩意儿成了她的最爱。犹达斯最后沦为小偷和皮条客，偶尔也犯一回鸡奸什么的，为了堕落而堕落，因为他什么都不缺。在一个活该他倒霉的夜晚，他在牌场上跟人起了纠纷，当着贝尔纳达的面，他赤手空拳和三个划船奴打了起来，结果被他们用椅子砸死了。

贝尔纳达躲进了榨糖厂。侯爵的府邸像一艘船似的随波逐流，如果说那时还没有沉没，那全是因为多明伽·德阿德文托的老练操控，最终，她按照她那些神灵的愿望把谢尔娃·玛利亚抚养长大。侯爵对妻子的崩溃知之甚少。榨糖厂那边传来消息说，她精神失常了，总是一个人自说自话，还时不时挑一些殷勤卖力的奴隶陪她及她的老同学们共度良宵。钱财流水般来，也流水般去。幸亏她东一点西一点地藏了几皮囊的蜂蜜和几口袋的可可，才不会在瘾头上来的时候耽误时间。当时，她剩下的唯一实在的东西是满满两罐面值一百块和四块的达布隆金币，那是她在生意顺风顺水的时候埋在床底下的。她被毁得不成样子，连续三年没有回家，最后一次从马阿特斯回来的时候，连她的丈夫都认不出她了，之后没过多久，谢尔娃·玛利亚就被狗咬了。

到了三月中旬，感染狂犬病的危险似乎消除了。侯爵十分庆幸于自己的好运，决定弥补过去的缺失，用阿布雷农肖开的幸福疗方征服女儿的心。他把全部时间都投在了女儿身上。他努力学着给女儿梳头，给她编辫子，努力教她做一个真正的白人女孩，让她重拾一个土生贵族失落的梦想，要她戒除爱吃腌鬣蜥和烧犰狳的毛病。他几乎什么都试过了，只除了一件事，那就是问问自己，这样做是不是真的能使女儿幸福。

阿布雷农肖继续来侯爵府探望。和侯爵交流对他来说并不容易，但侯爵那种超脱于宗教法庭威权之外的糊里糊涂的态度使他颇感兴趣。炎热的月份就这样消磨过去了，医生在柑橘花盛开的树下自言自语，而侯爵则在离一个从未听见过他名字的国王一千三百西班牙海里远的地方，躺在吊床上自生自灭。就在某一次这样的探访期间，他们突然被贝尔纳达的惨叫声打断。

阿布雷农肖吃了一惊，而侯爵却装作没听见，可接下来的又一声惨叫太凄厉了，侯爵不能再装聋作哑了。

“不管这人是谁，都需要帮助。”阿布雷农肖说。

“是我的第二任妻子。”侯爵说。

“她的肝坏掉了。”阿布雷农肖说道。

“您怎么知道的？”

“因为她呻吟时嘴是张着的。”医生说。

医生没得到准许就推开了门，想看看待在黑暗屋子里的贝尔纳达，可她没在床上。他叫了叫她的名字，她也没有答应。接着他打开了窗户，在四点钟刺眼阳光的照射下，她一丝不挂，四仰八叉地躺在地上，致命的胀气使她浑身发亮。她的皮肤因胆汁外溢颜色暗淡。她抬起头来，被突然打开的窗户那儿射进来的光刺得睁不开眼。逆着光，她一下子没认出医生来。而医生只消瞧上一眼就知道了她的结局。

“猫头鹰已经在冲你唱歌了，我的孩子。”他对她说。

医生告诉她，只要她肯接受一次净化血液的紧急治疗，还来得及救她的命。这时，贝尔纳达认出了医生，用力支起身子，发出一阵辱骂。阿布雷农肖平静地忍受了那些脏话，又关上了窗户。临走时，他在侯爵的吊床前停下脚步，发出再清楚不过的预告：

“侯爵夫人活不过九月十五号，除非她在此之前把自己吊在房梁上。”

侯爵面不改色，说了句：

“唯一不幸的是现在离九月十五号还远着呢。”

他继续在谢尔娃·玛利亚身上施行幸福疗法。站在圣拉匝禄山上，向东望去是一片不祥的沼泽，往西面看，一轮巨大的红日正沉入燃烧着的洋面。女孩问他在大海的那一边有什么，他说：“世界。”他发觉自己的每一个举动都会在女儿身上引起出乎他意料的反应。一天下午，他们看见鼓满帆的大帆船队出现在地平线上。

城市一下子变了样。木偶戏、吞火人，无穷无尽的新鲜玩意儿在那个充满好兆头的四月涌向港口集市，令父女俩大为开心。谢尔娃·玛利亚在这两个月里学会的白人的东西超过了以前所有的时光。让女儿改头换面的同时，侯爵自己也变了样，而且变得如此彻底，已经不像是性格上的变化，更像是天性发生了改变。

家里到处都摆满了上发条跳舞的小人儿、各色各样的八音盒以及众多的机械钟表，都是从欧洲货集市上买来的。侯爵掸去那把意大利古诗琴上的灰尘，装上弦，又调好了音，那股不屈不挠的专注劲儿只能用爱来解释。他在伴奏下唱起了当年的歌，他耳朵不行，但嗓子不错，多少年过去了，记忆早已漫漶不清，他这个特点却始终未变。这些天里，女孩问过他，是不是真的像歌里唱的那样，爱情能战胜一切。

“没错，”他答道，“可你最好别信。”

好事一桩接一桩地发生，侯爵欣喜不已，开始考虑去塞维利亚旅行一趟，好让谢尔娃·玛利亚从她沉默的悲伤中恢复，完成对世界的认知。就在日期和目的地都已经商量好了的时候，他却在睡午觉时被卡莉达·德尔科布雷叫醒，后者带来了一个糟糕透顶的消息：

“先生，那可怜的孩子就要变成一条狗啦。”

阿布雷农肖接到紧急召唤，他否认了民间的迷信说法——得了狂犬病的人最后会变得和咬了自己的畜生一模一样。但他证实了女孩稍稍有点发烧，虽说发烧本身也是病，并不一定是别的什么疾病的症状，他还是没有掉以轻心。他提醒被痛苦折磨着的侯爵，女孩得任何病的可能性都存在，因为被狗咬，无论是不是条疯狗，都并不能预防其他疾病。和以往一样，唯一的办法就是等待。侯爵问了他一句：

“您最终要告诉我的就是这些吗？”

“科学还没法让我多告诉您点什么，”医生的回答同样酸溜溜的，“不过，如果您不相信我说的，您还有一个办法：指望上帝吧。”

侯爵没听懂他的意思。

“我本认定，您是一个不信教的人。”他说道。

医生甚至没有回头看他一眼：

“我倒真希望自己是那样的人呢，先生。”

侯爵没有指望上帝，而是选择相信一切能给他带来哪怕一点点希望的事物。城里还有三位有行医执照的医生、六位药剂师和十一位会给人放血的理发师，以及数不清的江湖郎中和精通巫术的人，尽管在近五十年里，宗教法庭给一千三百人判了轻重不等的刑罚，还有七个人被处以火刑。一名从萨拉曼卡来的年轻医生揭开谢尔娃·玛利亚已经愈合的伤口，敷上一些发散的药膏，为的是把脓拔出来。另一位医生出于同样的目的用蚂蟥吸她背上的血。一名会放血的理发师用女孩自己的尿液为她清洗伤口，另一位直接让她喝自己的尿。在整整两个礼拜里，她每天洗两次药水澡，每天为软化大便灌两次肠，天然锑熬的汤剂和其他致命的药水把她折腾得奄奄一息。

烧退了，但没人敢宣称躲过了狂犬病的危险。谢尔娃·玛利亚觉得自己快要死了。一开始，她还用她与生俱来的傲气对抗了一阵，可两个礼拜过去了，没有任何效果，她脚踝上溃烂的伤口火烧火燎的，皮肤因敷了各种各样的药膏而疼痛不已，胃像被剥了一层皮。她什么罪都受了：呕吐，抽筋，痉挛，说胡话，大小便失禁，在地上滚来滚去，痛苦而愤怒地号叫。就连那些最胆大的江湖郎中都相信，这孩子要么是疯了，要么是魔鬼缠身，就让她听天由命吧。就在侯爵彻底绝望之时，萨坤达拿着圣休伯特的钥匙出现了。

这算是最后一招了。萨坤达解下自己身上的床单，涂上印第安人的油彩，然后用自己的身体在赤身露体的孩子身上蹭来蹭去。女孩虽说极度虚弱，仍拳打脚踢地反抗着，萨坤达强压住她。贝尔纳达在自己的房间里听到疯狂的喊叫声，跑过去一探究竟，结果看见谢尔娃·玛利亚在地上乱踢乱蹬，萨坤达压在她身上，被女孩一头波浪般的金发缠绕，嘴里吼着圣休伯特的祈祷词。贝尔纳达用吊床的挂绳对着两人一顿猛抽。一开始她站着抽在地上惊呆了的两人，后来又追着她们跑遍了每一个角落，直到她喘不上气来。

教区主教堂托里比奥·德卡塞雷斯－维尔图德斯，听到有关谢尔娃·玛利亚失常变疯的公众丑闻后很是吃惊，派人去请侯爵，没说原因，也没说日期或时间，这表明十分紧急。侯爵克制住自己的犹豫，未经预先通告，当天就赶了过去。

主教上任的时候，侯爵已经退出了公众生活，他们俩几乎没见过面。此外，主教是一个身体状况极差的人，肥胖到几乎不能自理，还饱受哮喘病的折磨，这考验着他的信仰。他没在太多大场合露过面，尽管他在这些场合的缺席令人难以置信，而在他参加过的为数不多的活动中，他总是保持低调，就这样，他渐渐变成了一个虚幻的人。

侯爵在一些公众场合远远看见过他几回，但记得住的只有一次在联合弥撒上，主教由几位政府大员用轿子抬着，头顶上方还撑着华盖。由于身躯庞大、法衣奢华，猛地看上去他就是一位体形肥大的老人，但他的面庞——胡子刮得干干净净，棱角分明，长着一双很少见的绿眼睛——却保持着一种不随岁月变化的华美。被抬在轿子上，他身上笼罩着教皇般的神奇光环，凡是近距离接触过他的人，都会感到他周身散发着权力意识和智慧的光芒。

他住的是全城最古老的府邸，两层楼，很宽敞，只是已经破败，而他的活动范围连一层楼的一半都没占满。府邸就在大教堂隔壁，有一道共用的回廊，拱顶已经发黑，院子里有个水池，早已破败不堪，长满了荒芜的杂草。就连那面有着精美石雕的威风凛凛的正墙，以及那几扇用整块木板做成的大门，也都因为没人照料而残破不堪。

侯爵在大门口受到一位印第安执事的接待。他向那些匍匐在门廊前的乞丐散了些零钱，然后走进了府邸的阴凉之中，这时，大教堂里响起了下午四点的洪亮钟声，侯爵肚子里也一阵回响。中央走廊黑黢黢的，侯爵跟在执事身后却看不见他，小心翼翼地迈出每一步，生怕碰倒了那些胡乱放置的雕像或是踩上横在路中间的残砖碎瓦。走廊尽头有一间不大的等候室，因为有扇天窗，里面稍微亮一些。执事停住脚步，对侯爵做了个手势，让他坐下等待，自己进了里面一扇门。侯爵没有坐下，而是看着主墙上一幅巨大的肖像油画，那是一个年轻的军人，身穿国王卫队旗手的礼服。侯爵看了看画框上的铜牌才知道，原来是年轻时的主教。

执事打开门，请侯爵进去，侯爵没动身子就又一次看见了主教，只不过比肖像画上老了四十岁。尽管饱受哮喘病和炎热天气的折磨，他还是比人们所形容的要庞大许多，也威严许多。他浑身大汗，在一把菲律宾摇椅上慢慢地摇晃着，手里轻轻摇着一把棕榈叶扇子，身子前倾，这样呼吸能畅快一些。他脚上套着双乡下人穿的凉鞋，身上的粗棉布无袖外袍因为用肥皂洗的次数太多，已经发花。他真的很清贫，这一眼就可以看出。然而，最引人注目的却是他那双清澈的眼睛，透过它们看到的只有高尚的灵魂。他看见侯爵走到门口，立即停止了摇晃，用扇子打了个亲切的手势。

“请进，伊格纳西奥，”主教对他说，“把我这儿当成你的家。”

侯爵在裤子上擦了擦手上的汗，穿过门，来到一个黄色风铃草和吊蕨覆顶的露台上，所有教堂的塔楼在这里尽收眼底，还可以看见大户人家的红屋顶、在大热天里昏昏欲睡的鸽舍、玻璃似的天空下轮廓清晰的军事碉堡，以及暑气蒸腾的大海。主教特意伸出他那军人的手，侯爵亲吻了他的戒指。

因为哮喘，主教的喘气声又粗又重，说的话也不时被喘息声或急促刺耳的咳嗽声打断，但他的口才没有受到丝毫影响。他立刻轻松地与侯爵交谈起日常琐事。侯爵坐在主教对面，对这样一个东拉西扯的安慰性开场白心存感激，这时，五点的钟声响起。这不只是一串声音，更是一股震颤，下午的光影都抖动了起来，天空飞满了受惊的鸽子。

“太可怕了，”主教说，“每个钟点都像地震一样在我的五脏六腑里回响。”

听了这话侯爵吃了一惊，因为四点的钟声响起时，他脑海中曾浮现同样的想法。主教觉得这种巧合很正常。“想法不属于任何一个人——”他说，一面伸出食指在空气中画出一个个连续不断的圆圈，又说：

“它们就像一群小天使，在那儿飞来飞去。”

一个做杂务的修女端来一只双耳瓶，浓浓的葡萄酒里泡着切碎的水果，又端来一个热气腾腾的水盆，空气里顿时弥漫一股草药味。主教闭上双眼吸了会儿蒸汽，从那种迷醉的状态中回过神来时，他已与先前判若两人：他成了自己权威的不二主人。

“我们请你过来，”他对侯爵说，“是因为我们知道你需要上帝的帮助，而你却装出一副若无其事的样子。”

他的声音里已经没有了器官的响声，他的双眼恢复了俗世的光亮。为了鼓足勇气，侯爵一口喝下了半杯酒。

“最最尊贵的阁下，您想必知道我正经历人生中所能遭受的最大不幸，”他说道，语气中饱含谦卑，“我已失去信仰。”

“我们知道，我的孩子，”主教毫不吃惊地说，“我们怎么会不知道呢！”

主教说这话的时候显得有些兴奋，因为二十岁那年，在摩洛哥的国王卫队做旗手期间，在一次激烈的战斗中，他也曾失去信仰。“刹那间我觉得上帝已不复存在。”他说，他吓坏了，从此把一生都献给了祈祷和悔罪。

“直到上帝怜悯我，向我指明我的天命之路，”他最后这样说道，“所以说最重要的不是你失去了信仰，而是上帝继续信任你。这一点毫无疑问，因为正是天主用他无穷无尽的智慧照耀着我们，赐予我们慰藉。”

“我本想默默承受自己的不幸。”侯爵说。

“但看来你根本就做不到。”主教说，“你可怜的女儿在地上滚来滚去，抽搐不已，嘴里狂吠异教徒的黑话，这已是尽人皆知的秘密了。这些不正是魔鬼附体的明确无误的症候吗？”

侯爵吓得目瞪口呆。

“您想告诉我什么？”

“我想告诉你，魔鬼的诡计数不胜数，其中之一便是披上一种肮脏疾病的外衣，进入无辜的身躯，”他说，“一旦进入，靠人自身的力量是无法将他们驱除出去的。”

侯爵从医学角度讲了女儿被狗咬的伤口的变化，可主教总能找到一个有利于他的观点的说法。他向侯爵问了一个他无疑早就知道答案的问题：

“你知道阿布雷农肖是谁吗？”

“他是第一个来看我女儿的医生。”侯爵说。

“我想听你亲口说说他。”主教说道。

他摇了摇手边的一个铃铛，一位三十岁左右、衣着整齐的神父应声而至，快得就像从瓶子里放出的精灵。主教只介绍说这是卡耶塔诺·德劳拉神父，就让他坐了下来。天太热，德劳拉神父穿着一件长袍，脚上是双和主教穿的一模一样的凉鞋。他神色紧张，面色苍白，目光敏锐，满头乌发里有一绺白发搭在额前。他呼吸急促，两手发烫，似乎不是生活幸福的人。

“关于阿布雷农肖，我们都知道些什么情况？”主教问他。

德劳拉神父想都没想就给出回答。

“阿布雷农肖·德圣佩雷拉·卡乌。”他拼读似的说出医生的名字。随即他转向侯爵：“侯爵先生，您有没有注意到，他姓氏最后那个词[①] 在葡萄牙语里是狗的意思？”

严格地说，德劳拉继续说道，大家并不知道这是不是他的真名实姓。根据宗教法庭的档案，他是葡萄牙籍犹太人，被逐出半岛，在这里受到一位对他心存感激的市长的庇护，因为他用取自图尔

①即卡乌，原文为 Cao。

瓦科的有净化之效的水给他治好了重达两磅的疝气。他又说那人有些神奇的偏方，曾狂妄地宣称自己能预知人的死亡，说他可能有鸡奸癖，什么书都敢看，而且在生活中不信上帝。然而，人们对他唯一的明确指控是他曾使客西马尼一个缝缝补补的小裁缝起死回生。有很可靠的证词表明，当阿布雷农肖命令他站起来时，那人已经被装裹停当入殓了。幸亏那个复活了的裁缝在宗教法庭上声明，其实他一直都没有丧失意识。“这才把阿布雷农肖从火刑柱上救了下来。”德劳拉总结道。最后他又提到一件事，说那匹死在圣拉匝禄山上的马被埋进了圣地。

“他爱那匹马，就像爱一个人一样。”侯爵插了句人情话。

“这是对我们的信仰的亵渎，侯爵先生，”德劳拉说，“马活百岁可不是上帝要管的事。”

侯爵警觉起来：一句私下里的玩笑话也能进宗教法庭的档案。他小心翼翼地辩解道：“阿布雷农肖说话口无遮拦，可以我之愚见，这离异教思想还有很远的距离。”要不是主教把他们从偏离的方向拉回来，这场辩论一定会变得激烈且没完没了。

“医生们爱说什么就说什么吧，”主教发话了，“让人得上狂犬病是上帝的敌人惯用的一种鬼花样。”

侯爵没听懂这句话的意思。主教给出了一个戏剧性的解释，听上去有点像万劫不复的判词的前奏。

“幸运的是，”他总结道，“尽管你女儿的身体治不好了，上帝总还是给了我们办法来拯救她的灵魂。”

夜色渐渐笼罩大地，侯爵看见绛紫色的天空中亮起了第一颗星星，不由想起了自己的女儿：她孤零零一个人待在脏兮兮的家中，拖着那只被江湖郎中们折腾坏的脚。他带着天生的谦卑问道：

“那我该做些什么呢？”

主教逐条向他交代。他准许侯爵在办事的时候提起他的名字，特别是在圣克拉拉修道院，说侯爵应该尽快把女儿送到那里去。

“你把她交到我们手上，”他这样结束了他的谈话，“剩下的事情上帝会处置的。”

告别时侯爵觉得比来的时候更加痛苦。从马车车窗看出去，街道破破烂烂的，孩子们光着身子在水坑里洗澡，到处散落着秃鹫们丢下的垃圾。在街角拐弯处，他看见了大海。大海一直就在那里，可他心里涌上一阵犹豫不安。

侯爵到家时天已经黑了，奉告祈祷的钟声敲响了，自从堂娜奥拉娅死后他第一次高声祈祷起来：“主派天使告知玛利亚。”古诗琴的弦声在黑暗中回响，像是从一个水塘底部传来的。侯爵顺着乐声摸索着走到了女儿的房间。女儿就在那里，坐在梳妆凳上，身上披了件白色长袍，头发一直拖到地面，正弹着一首跟他学的入门练习曲。侯爵记得中午他留在家中的是一个被江湖郎中折腾得虚弱不堪的女儿，他简直不敢相信这是同一个人，除非发生了什么奇迹。但这只是他一时的错觉，谢尔娃·玛利亚察觉到父亲来了，停止了弹琴，又陷入了痛苦之中。

侯爵陪她待了整整一夜。他引导她在卧室里做了晚祷，像个临时借来的爸爸一样笨手笨脚。睡袍也给她穿反了，她不得不脱下来重新穿正。这是他第一次看见女儿的裸体，她紧贴着皮的肋骨、小不丁点儿的乳头和柔软的茸毛看得侯爵一阵心痛。一个火红的圈环绕在她发炎的脚踝周围。他帮她躺下的时候，女儿依然独自忍受着痛苦，发出一声几乎听不见的呻吟，侯爵惊慌失措，因确信自己是在帮她走向死亡。

自从失去信仰以来，侯爵第一次产生了做祈祷的强烈愿望。他来到祈祷室，竭力想寻回抛弃了自己的上帝，可是一点用都没有：怀疑比信仰更有耐力，因为全部的感官都在支持前者。清晨，天气凉爽，他听见女儿咳嗽了好几次，便向她的卧室走去。途中他看见贝尔纳达的房门半开着。他想和她谈谈心中的困惑，便推开了房门。贝尔纳达脸朝下睡在地上，呼噜打得震天响。侯爵手放在门闩上，看了看，没去叫醒她。他自言自语地说了句："用你的命换她的命。”随即纠正道：

“用我们俩的贱命换她的命，妈的！”

女儿还在睡觉。侯爵看着她一动不动、虚弱无力的样子，心中不禁自问，是情愿看见她死掉，还是情愿见她受狂犬病的折磨。他担心蝙蝠来吸女儿的血，给她整理好蚊帐，怕她咳嗽，给她盖好被单，然后就这样守候在床边，心中泛起一种新的快意，觉得自己今生今世从未像此刻这般爱过女儿。接着，他既没请示上帝，也没和任何人商量，就做出了他人生中的重大决定。清晨四点钟，谢尔娃·玛利亚睁开眼睛的时候，看见侯爵坐在她的床边。

“咱们该走了。”侯爵对她说。

女孩一句话也没说就起了床。侯爵帮她装扮起来。他在大木箱里找到了一双丝绒套鞋，这样她的那双小靴子就不会伤到她的脚踝，又顺手取出一条他母亲小时候的礼服裙，时间太久了，裙子皱巴巴的，但是一眼便可看出，只穿了一次就再没上过身。近一个世纪过去了，侯爵把裙子套在了谢尔娃·玛利亚的萨泰里阿教项链和受洗时穿过的无袖衣上。裙子穿上有点紧，但正好突出了它的古韵。他又从大木箱里找出一顶帽子，帽子上飘带的颜色和裙子一点也不配。女孩戴上大小正好。最后，他又为女儿整理出一只小手提箱，里头装了一条睡裙、一把齿密得能篦下虱子来的梳子，以及她祖母的一本小小的祈祷书，那本书的合页是用纯金打造的，封面上还镶嵌着珍珠母螺钿。

这一天是圣周的礼拜日。侯爵带谢尔娃·玛利亚去望了五点钟的弥撒，女孩虽不明就里，还是心绪极佳地接受了抚顶祝福。出来时他们从马车上看见天渐渐亮了。侯爵坐在主位上，膝盖上放着那只小手提箱，女孩漠然地坐在他对面，看着车窗外面的街道，这是十二岁的她最后一次看见这些街道了。她没有表现出哪怕一丝好奇，来问问一大早把她穿成疯女王胡安娜的模样，给她戴上顶怪模怪样的帽子，究竟是要带她上哪儿去。沉思了许久，侯爵问她道：

“你知道上帝是谁吗？”

女孩摇了摇头。

地平线上电闪雷鸣，天阴沉沉的，大海波澜起伏。转过一个街角，迎面便是圣克拉拉修道院，那是一座孤零零的白色三层楼房，蓝色的百叶窗正对着海边一个垃圾场。侯爵用食指指了指。“就是那儿，”说着他又向左边指，“你随时都可以从窗户看见大海。”见女儿没理会他，他做出了唯一的一次解释，关于女儿的命运，他此后再也没多说过半句话：

“你在这里和圣克拉拉修道院的嬷嬷们一起住几天吧。”

因为是圣周礼拜日，大门口附近的乞丐比平日里要多一些。几个原本在同乞丐争抢厨房的剩饭剩菜的麻风病人跑了过来，向侯爵伸出了手。侯爵掏出自己所有的零钱散给了他们，一人一份。看大门的修女看见了穿黑色塔夫绸衣的侯爵和他穿得像女王一样的女儿，穿过人群来接待他们。侯爵对她解释道，他是遵照主教的意思把女儿带来的。守门人见他话说得诚恳，没有丝毫怀疑。她查看了一下女孩的外表，摘下了她的帽子。

“这个地方是不许戴帽子的。”她说。

她把帽子没收了。侯爵想把小箱子也交给她，可她没有接过去：“她在这里什么都不需要。”

胡乱编起来的辫子松开了，几乎拖到了地面。守门人不相信那是真头发。侯爵试图把女儿的头发再盘起来，却被她一把推开，女孩自己把头发整理好，手法之利索让守门人吃了一惊。

“这头发该剪了。”她说。

“这是在圣母面前许过愿的，要到她结婚那天才能剪。”侯爵解释道。

守门人被这个理由说服了，她牵起女孩的手，连说再见的时间都没给她留，就把她带进了大门。因为走路的时候脚踝还有些疼，女孩脱下了左脚的套鞋。侯爵看着女儿拖着那只光脚，手上拎着一只套鞋，一瘸一拐地渐渐远去。他期待女儿会有那么一刻的心软，回过头来看他一眼，但是没有。他对女儿的最后记忆就是她拖着一只受伤的脚，穿过花园里的走廊，消失在那座活死人的楼房里。

三

圣克拉拉修道院面对大海，是一座方方正正的三层楼房，窗户很多，都一模一样，一道半圆形拱顶回廊围着中间的花园，花园里杂草丛生，阴沉沉的。芭蕉和野生蕨类植物之间有一条石头铺成的小路，一株瘦长的棕榈树为了采光，长得高过了楼顶的平台，从另一棵庞然大树的枝条上，垂下一绺绺香荚兰的藤萝和一串串兰花。大树下面是一池死水，池边的铁围栏锈迹斑斑，几只家养的金刚鹦鹉在上面像在马戏团一样走钢丝玩。

花园把这座楼一分为二。右面三层住的是那些活死人，这里的寂静偶尔会被悬崖峭壁下面的海浪声、诵经时的祈祷声和唱赞美诗的声音打破。这一侧有一扇内部的小门与小礼拜堂相通，这样，幽居清修的修女们便可以不经过对公众开放的大堂直接进入唱诗的地方，听弥撒、隔着格子窗吟唱，她们能看见别人，别人却看不见她们。用名贵木材打造的华美的镶板式天花板遍布整座修道院，那出自一个西班牙工匠之手，他在这里费尽半生心血，为的是死后能在主祭台旁的壁龛里占一席之地。如今，他就在那里，在大理石石板下，和近两百年来的历任修道院院长、主教以及另外一些有头有脸的大人物挤在一起。

谢尔娃·玛利亚进修道院的时候，那里的幽居修女有八十二位是西班牙人，各自都带着各自的仆从，还有三十六位本地修女，出身于总督区的显赫门第。自从选择了安贫恭顺和守贞，她们和外面的唯一接触就是偶尔在会见室接受探望，那里隔着木头百叶窗，听得见声音，却看不见人。会见室设在大门口，规矩很多，管得很严，而且每次会见都要有监听的人在场。

花园的左面是教室和各种手工作坊，住着人数众多的见习修女和手工艺老师。勤务处设在这儿，一间宽敞的厨房里有几个烧柴的大火炉、一张和肉铺里用的差不多大小的案台，以及一个大面包炉。后面有个院子，住了几户奴隶家庭，地上永远脏水横流，再后面是马厩、羊圈、猪圈、菜园和蜂房，总之，一切能改善生活的东西，该养的该种的，应有尽有。

最后，极远处，仿佛被上帝抛弃了似的，矗立着一座孤零零的房子，有六十八年的时间，这房子被宗教法庭当监狱用，现在仍发挥着同样的作用：关押那些走上歧路的克拉拉会修女。距离谢尔娃·玛利亚被狗咬伤已经有九十三天了，她并没有表现出任何狂犬病的症状，却被关进了这个被人遗忘的角落最靠后的一间牢房。

守门人牵着女孩的手，走到过道尽头时碰见一个见习修女正要去厨房，便让她把女孩带去见院长。这个见习修女想，带这样一个无精打采、穿着体面的姑娘到乱哄哄的厨房去有点不合适，便让她坐在花园里的一条石凳上，说一会儿再来接她。可回来的时候，她把这事儿忘了个一干二净。

稍后从这里路过的两个见习修女对女孩的项链和戒指挺感兴趣，问她是什么人。女孩没有回答。她们又问她会不会讲西班牙语，她还是像个死人一样一言不发。

“这是个聋哑人。”年轻一点的修女说道。

“要不就是德国人。”另一个修女说。

年轻的那个开始摆弄女孩，好像后者完全没有知觉一样。她把女孩盘在脖子上的辫子解开，用手量了量。“差不多有四拃长。”说这话时她已经坚信这女孩什么都听不见。她开始把女孩的辫子散开，但这时女孩的一个眼神吓住了她。修女把辫子托在手里，对她吐了吐舌头。

“你有一双魔鬼的眼睛。”她对女孩说。

她摘下女孩的一枚戒指，女孩毫无反抗，可是当另外一个修女想取下她的项链时，女孩像蛇一般扭动起来，又快又准地在她手上咬了一口。那修女飞跑着去清洗手上的血。

谢尔娃·玛利亚站起身来，想到水池边喝口水，这时，午前祷告的歌声响了起来。她吓了一跳，没喝上水就又坐回石凳上。不过，当她听出这是修女们在唱赞美诗，便又走回水池边。她挥手拨开一层烂树叶，连水里的虫子都没赶一赶，便就着水池喝了个饱。接着她蹲在树后撒了泡尿，怕有不知好歹的动物或心怀叵测的男人闯过来，她在手里拿了根棍子，这都是多明伽·德阿德文托当年教给她的。

过了一会儿，有两个女黑奴经过，她们认出了萨泰里阿教项链，对女孩说起了约鲁巴语。女孩兴奋起来，用同样的语言答话。因为谁也不知道这女孩为什么会待在这里，女奴们就把她带到了吵吵闹闹的厨房，奴仆们一片欢腾地迎接了她。有人注意到了她脚踝上的伤，想知道她究竟出了什么事。“是我妈用刀子划伤的。”她说。又有人问起她叫什么，她说出了那个黑人名字：玛利亚·曼丁加。

她一下子变得如鱼得水。有只山羊不肯乖乖就死，她上前去帮忙砍掉了它的头，她挖出山羊的眼睛，割下山羊的睾丸，这些部位是她的最爱。她在厨房里同大人们一起玩空竹，又在院子里和孩子们一起玩，赢了所有人。她用约鲁巴语、刚果语和曼丁加语唱歌，连那些听不懂歌词的人都听得十分入迷。吃午饭时，她把山羊的睾丸和眼睛用猪油煎熟，撒上热辣辣的调料吞了下去。

这时，整个修道院都知道了女孩在那里，只除了一个人，那就是女院长何塞法·米兰达。这女人精瘦、干练，至于思想狭隘则得自家传。她在宗教法庭的阴影下，于布尔戈斯接受了教育，可她的领导才能和死板的固执脾气却是与生俱来的。她手下有两个非常能干的助理，但她们都显得有些多余，因为她什么都管，不需要任何人帮忙。

她对当地主教的敌视几乎从她出生前一百年就开始了。同历史上一些大的纷争一样，起初是因为克拉拉会修女和方济各会主教之间在金钱和管辖权上的一些小矛盾。主教摆出一副毫不让步的架势，而修女们则获得了世俗政府的支持，一场战争就此拉开了序幕，进展到某个时刻，就成了席卷一切人的大战。

主教在其他一些团体的支持下，把修道院团团围住，想以断粮绝草的方法迫使修道院投降，还颁布了“停止一切圣事”[①]的命令，也就是说，在新秩序建立之前停止全城的一切宗教活动。居民们分裂成彼此对立的派别，世俗和宗教当局互相对抗，各有各的支持者。然而，被围困了六个月后，修女们活了下来，仍抗争不已，直到一条秘密地道被发现，修女们的支持者就是从那里给她们提供给养的。最后，方济各会争取到了一位新任市长的支持，攻破了圣克拉拉修道院，把里面的修女都遣散了。

此后过了二十年，双方情绪才得以平息，克拉拉会修女们被拆的修道院也得到了恢复，可是，一百年过去了，何塞法·米兰达心中仍留存仇恨的火种。她对新来的修女们反复灌输仇恨思想，要把仇恨刻进她们的心里乃至五脏六腑中，将一切责任都归罪于德卡塞雷斯－维尔图德斯主教以及所有和他有关的人和事。因此，当她接到来自主教方面的通知，说卡萨尔杜埃洛侯爵已经把他那个魔鬼附体、死态毕露的十二岁女儿送到了修道院，她的反应可想而知。院长只问了一句：“可是，真的有这么一位侯爵吗？”她的这个问题包含双重恶意，一是因为这事情是主教交办的，二是因为她从来不承认土生贵族的合法性，她把他们叫作“漏雨漏下来的贵族”。

①原文为拉丁语。

午饭时间到了，院长还没在修道院里找到谢尔娃·玛利亚。守门人告诉过一位院长助理，说一大早来了一位穿丧服的男人，把一个装扮得像女王似的金发小姑娘交到了她的手中，但她没去询问女孩的情况，因为当时有一大群乞丐正为抢夺圣周礼拜日的木薯汤闹得不可开交。她把饰有彩色飘带的帽子作为证据交给了助理。在她们寻找女孩的同时，助理把帽子拿给院长看，院长对于谁是帽子的主人十拿九稳。她用指尖捏起帽子，伸直胳膊审视了一番。

“一位货真价实的侯爵小姐，却戴了顶脏兮兮的仆人帽子，”院长说道，“撒旦才知道她想干什么。”

上午九点，院长在去会见室的路上曾路过那个地方，还在花园里停留了一会儿，为一处泥水活和几个泥水匠讨价还价，可她没看见女孩坐在石凳上。另外几个修女也曾几次路过那里，也都没看见她。那两个摘下她戒指的见习修女赌咒发誓，说午前祷告之后，她们又从那里经过，可都没看见她。

院长午觉醒来，突然听见一个声音在唱歌，那声音传遍了整座修道院。她拉了一下挂在床边的绳子，一个见习修女应声而至，出现在房间的暗影里。院长问她是谁唱得这样动听。

“是那个女孩。”见习修女说。

院长半睡半醒，嘴里嘟囔了一句：“嗓音真美。”可话音未落她就惊得跳了起来：

“哪个女孩？”

“我也不知道，”见习修女对她说，“就是那个从一大早就让后院吵翻了天的女孩。”

“老天爷啊！”院长惊叫起来。

她从床上一跃而起，飞一般地穿过整座修道院，顺着声音来到了奴隶们住的院子。谢尔娃·玛利亚正坐在一个矮凳上唱着歌，她的长发顺着地面铺开，身边围着一群着了迷的奴仆。她一看见院长，便立即停止了歌唱。院长举起挂在脖子上的十字架。

“最最纯洁的玛利亚。”院长说。

“无玷成胎的圣母。”人们齐声应和。

院长朝谢尔娃·玛利亚挥舞着手中的十字架，仿佛那是一件武器。“全体退下。”她高声叫道。于是奴仆们都退开了，只剩女孩孤零零一个人留在原处，她的双眼紧紧盯住院长，十分警惕。

“撒旦的怪胎，”院长高声叫道，“你居然敢用隐身术来迷惑我们。”

谁都没办法让她开口说话。一名见习修女想去牵她的手，但被惊恐万状的院长制止了。“你不要碰她。”院长大声喝道，然后又转向所有在场的人：

“谁都不许碰她。”

最终，她们把她强行带走，塞进了牢房楼最靠后的一间屋子，任凭她乱踢乱蹬，嘴里发出狗一般的撕咬声。抬到半路，她们发现女孩浑身都是她自己拉出来的屎尿，便在马厩里拿水桶给她冲洗了一番。

“城里有那么多家修道院，主教偏把这堆臭狗屎送到我们这儿来。”院长埋怨道。

那间牢房还算宽敞，墙壁粗糙，房顶很高，顶棚上有几处白蚁窝。唯一的一道门旁有扇落地窗，用木板条钉得死死的，窗框也被一根铁栓牢牢固定。牢房尽头的墙上还有一扇高高的窗户，面朝大海，钉着木十字花格。一块泥灰砌成的台子上放着麻布垫子，里头塞了些干草，就是睡觉的床，用的日子长了，脏乎乎的。有一个石凳可以坐，墙上孤零零地钉着个十字架，下面放了张粗木桌子，既当供桌又做洗漱台。谢尔娃·玛利亚被扔在了这间牢房里，浑身上下连辫子都湿透了，害怕得抖作一团。外面守着一个受过专门训练、立志在抗击魔鬼的千年战争中取得胜利的女看守。

她坐在床上，两眼死死盯住那扇包了铁皮的门上的一根根铁条，下午五点钟，当一个女仆来给她送饭时，看见的她就是这副模样。女孩一动不动的。当女仆试图解下她的项链时，她一把抓住了女仆的手腕，迫使她松开了手。从那天晚上开始记录的修道院言行簿上，女仆宣称一股来自另外一个世界的力量把自己打倒在地。

门关上了，能听见尖厉的铁链声和钥匙在锁眼里转了两圈的声音，女孩还是一动不动。她看见了摆在眼前的食物：几粒咸肉丁、一块木薯饼和一小杯巧克力。她尝了一口木薯饼，嚼了两下便吐了出去。她仰面躺下，耳边传来大海的喘息声、饱含雨水的风声和这个季节最初的雷声，一次比一次响得更近。第二天早晨，女仆又给她送来了早饭，发现她睡在一堆干草上，那是她用牙齿和指甲从垫子里面掏出来的。

午饭时，她乖乖地随人去了还无需隐居清修的修女们吃饭的大饭堂。这是一间大屋子，有高高的拱顶和大大的窗户，大海明灿耀眼的光亮和海浪打在峭壁上的巨大声响从窗户涌入。二十个新近入院的修女，大多很年轻，坐在两排粗木桌子旁，她们身穿粗哔叽布长袍，剃了光头，开开心心，没心没肺，一点也不掩饰和一个被魔鬼附体的女孩同桌共享军营式份饭的乐趣。

谢尔娃·玛利亚坐在离大门很近的地方，身边一左一右坐着两个女看守，她几乎没吃什么东西。她们给她穿上了一条和见习修女一样的长袍，她的套鞋还是湿的。吃饭的时候没有人看她，但饭后有好几个修女围住了她，欣赏她的小玻璃珠项链，其中一个还试图把它摘下来。谢尔娃·玛利亚挺直了身子，两个女看守试图按住她，她只一顶便拱开了她们。她爬上桌子，从这头跑到那头，嘴里高声尖叫着，像魔鬼附了体一般横冲直撞。她把一路上遇见的所有东西都打得稀烂，最后从窗户跳了出去，撞坏了院子里的藤萝架，踢翻了蜂箱，碰倒了畜栏。蜜蜂满世界乱飞，受惊的牲畜吓得大叫，到处乱跑，甚至闯进了清修修女们的卧房。

从此以后，发生的所有事情没有一件不被归罪于谢尔娃·玛利亚的有害影响。好几个见习修女都在记录簿上写道，这女孩长了对透明的翅膀，发出奇怪的嗡嗡声，飞来飞去。用了整整两天的时间和一大帮奴隶才把牲畜关进畜栏，把蜜蜂引回蜂房，让院内恢复了秩序。谣言传开了，说猪中了毒，说水会映出预兆，说一只被吓坏了的母鸡飞过屋顶，消失在海平线上。可是，修女们的恐惧中也带着矛盾：尽管院长有言在先，尽管每个人都战战兢兢，谢尔娃·玛利亚的那间牢房还是成了所有人好奇的焦点。

修道院里从晚上七点做晚祷到第二天早晨六点望弥散之间实行宵禁。灯火都要熄灭，只有几个经过特许的房间可以点灯。然而，在这段时间里，修道院里的生活有了一种从未有过的兴奋和自由，走廊里人影来来往往，随处可闻窃窃私语和压不住的匆忙的脚步声。自从何塞法·米兰达在修道院里明令禁止以来，宵禁时间，在谁都想不到的房间里有赌钱的、玩西班牙纸牌的、掷色子的，还有偷偷喝酒的、悄悄卷烟抽的。一个被魔鬼附体的女孩出现在修道院里，足以引发种种新奇的冒险。

宵禁开始以后，就连那些最守清规的修女们都逃出自己的清修场所，三三两两地来和谢尔娃·玛利亚聊天。一开始，女孩用指甲来对付她们，然而她很快就学会了根据来者的秉性和自己当晚的情绪操控她们。最常见的要求是希望她充当魔鬼的差使，向他们讨要些平日里想都不敢想的恩惠。谢尔娃·玛利亚会模仿过世的人的声音、被斩下脑袋的人的声音、魔鬼生下的怪胎的声音，而很多修女都对她的恶作剧坚信不疑，并把这些当成真事登记在了言行簿上。一个邪恶的夜晚，一群乔装打扮的修女袭击了那间牢房，她们堵上谢尔娃·玛利亚的嘴，抢走了她的萨泰里阿教项链。可她们的胜利十分短暂，就在仓皇逃走的路上，领头的修女在漆黑的楼梯上滑了一跤，跌破了脑袋。她的同伴们也一刻不得安宁，直到把抢来的项链物归原主。从那以后，再也没有人敢在夜里来打搅这间牢房。

对卡萨尔杜埃洛侯爵来说，这些日子就像家里死了人一样难熬。自从把女儿送进去之后，他一直为自己做事仓促而后悔不已。他愁得大病了一场，再也没能恢复元气。他围着修道院转来转去，一转就是好几个小时，一面自己问自己，这修道院有这么多扇窗户，谢尔娃·玛利亚会在哪一扇窗户后面想念自己呢。回到家里，他看见贝尔纳达正在院子里乘夜凉。他浑身打战，生怕她问起谢尔娃·玛利亚，可贝尔纳达看都没看他一眼。

他把猎狗放了出来，在卧室里的吊床上躺下，心想最好能一睡不醒。可是，他怎么也睡不着。信风季节已经过去了，夜里酷热难当。各种各样的小虫子也难耐酷暑，纷纷从沼泽那边飞来，饿蚊成阵。人们不得不点燃牛粪来驱赶蚊虫。一切生物都昏昏沉沉的。一年中这个时节，人们焦切地渴盼着第一场大雨的降临，就像六个月之后，人们又会同样焦切地祈求天气永远晴朗一样。

天刚刚破晓，侯爵就去了阿布雷农肖家里。他刚一落座就预感到一阵轻松：终于有人分担他心中的苦楚了。他直截了当地开了口：

“我把女儿送进圣克拉拉修道院了。”

阿布雷农肖一时没明白，侯爵趁他迷惑不解，又给了他新的一击。

“给她驱驱魔。”侯爵说。

医生深深吸了口气，以一种常人难有的平静口吻说：

“请您把事情原原本本告诉我。”

于是，侯爵把一切都原原本本地告诉了他：自己是如何去探访主教的，如何有了祷告的愿望，如何一时冲动做出决定，又如何一夜难眠。这是一个老基督徒的告解，没有为自己保留一丝一毫的秘密。

“我坚信这是上帝的旨意。”他总结道。

“您的意思是说，您又恢复信仰了？”阿布雷农肖问道。

“人任何时候都不会完全放弃信仰，”侯爵说，“只要有疑问在。”

阿布雷农肖这回听懂了。他一向认为，一旦放弃信仰，在原来信仰存在之处就会留下一个永不磨灭的伤疤，这伤疤使人无法忘却信仰。他唯一觉得不可思议的是，怎么可以把女儿送去受那样一种驱魔的惩罚。

“这和黑人的巫术没多大区别，”他说，“恐怕还要更糟糕一些，因为黑人不过是杀几只公鸡作为牺牲奉献给他们的神，而宗教法庭更喜欢把无辜的人放到刑具上肢解，或是当众架在火上活活烧死。”

至于在探访主教期间那位卡耶塔诺·德劳拉阁下的出现，在他看来更是一个灾难性的预兆。“这人就是一个刽子手。”他直截了当地说。他开始细数过去发生过的把精神病人当成中魔的人或异教徒处死的信仰案例。

“我觉得与其把她这样活活埋葬，不如直接把她杀了，那样还更符合基督的精神。”他这么总结道。

侯爵画了个十字。阿布雷农肖看了侯爵一眼，只见他浑身都在颤抖，身上的塔夫绸丧服使他看上去像个幽灵，他的双眼又闪动着那种与生俱来的犹豫不定的亮点，像萤火虫似的。

“把她从那儿弄出来。”他对侯爵说。

“这也正是我眼见着她走进那座活死人大楼时心里所想的，”侯爵说，“可问题是我感觉自己没有力量去违背上帝的意志。”

“那请您试着感觉自己有这样的力量吧，”阿布雷农肖说道，“也许哪一天上帝会因此而感谢您的。”

这天晚上，侯爵写了封信请求主教接见。他亲自执笔，行文混乱，笔迹稚嫩，他把信亲手交给了看门人，以确保信能送到收信人手里。

礼拜一这天，主教接到通知，说谢尔娃·玛利亚已经准备停当，可以进行驱魔活动了。他刚刚在他那垂盖黄色风铃草的露台上用完点心，对这则口信并没太在意。他吃得很少，可他那股子慢条斯理的劲儿能让这个仪式持续三个小时。卡耶塔诺·德劳拉神父坐在主教对面，正用纯正平稳的嗓音和有些夸张做作的风格为对方大声朗读，这和他根据自己的喜好和观点挑选出来的书很相配。

这座古老的府邸对主教来说太大了，他只需要一个接见厅、一间卧室，再加上那个供他在雨季到来之前睡午觉、吃饭的露台就足够了。对面是官方图书馆，是卡耶塔诺·德劳拉创办并充实起来的，也由他娴熟地管理着，曾是整个西印度群岛最棒的几家图书馆之一。剩下的十一间房子都关闭着，里面堆满了两个世纪以来废弃不用的东西。

除了在餐桌旁伺候的那个修女之外，卡耶塔诺·德劳拉是唯一能在用餐时间进入主教府的人，并非如人们所说，他有什么个人特权，而是因为他是尊贵的读经师。他没有什么明确的职务，头衔也只是个图书管理员，但因为他是主教身边的人，人们都把他当成实际意义上的助理，谁都知道，没有他在场，主教不会做出任何重要决定。他的私人房间就在和主教府相通的旁边一座楼房里，那里有教区官员们的办公室和卧室，另外还住着半打为主教做家务的修女。然而，卡耶塔诺真正的家却是图书馆，他每天花十四个小时工作和读书，还在那里放了张行军床，供困乏时睡觉用。

在那个可以载入史册的下午，出了件怪事：德劳拉在朗读的时候结巴了好几次。更不寻常的是，他居然漏掉了一页，并且毫无察觉地念了下去。主教透过他那副小小的炼金术士的眼镜打量他，直到他又翻到下一页，才颇觉好笑地打断了他：

“你在想什么？”

德劳拉吓了一跳。

“大概是天太热了，”他说，“怎么了？”

主教依然直视着他的双眼。“肯定不只是天热的缘故。”主教说，然后用同样的语气又问了一遍：“你刚才在想什么？”

“那个女孩。”德劳拉答道。

他没说是哪个女孩，因为自从侯爵来访之后，他们的世界里就再没有别的女孩了。他们议论了很久那个女孩的事。他们一起一遍又一遍地重温那些被魔鬼附体的人的案例，一起回忆那些驱魔圣者。德劳拉叹了口气：

“我梦见她了。”

“你怎么会梦见一个你从来没有见过的人呢？”主教问道。

“她是一个土生的侯爵小姐，十二岁，长长的头发拖在身后，就像女王的长袍，”他说，“还会是谁呢？”

主教不是一个不食人间烟火的人，从未沉迷于奇迹或天谴，他活在当下。只见他不太信服地摇了摇头，继续吃他的饭。德劳拉继续朗读的时候小心了许多，等主教吃完饭，他帮他在摇椅上坐好。主教坐稳之后，又开了口：

“现在好好给我讲讲你的梦吧。”

其实很简单。德劳拉梦见谢尔娃·玛利亚坐在一扇窗前，外面是一片大雪覆盖的原野，她怀里兜了一串葡萄，正一颗一颗地摘着吃。每摘下一颗葡萄，枝上马上又长出一颗新的来。在梦里能明显看出，女孩已经在那扇无始无终的窗户前待了很多很多年，一直想把那串葡萄吃完，她看起来一点也不着急，因为她知道，最后一颗葡萄意味着死亡。

“最怪的是，”德劳拉说，“她观看雪原的那扇窗户就是萨拉曼卡的那扇，那年冬天下了三天大雪，小羊羔都在雪地里闷死了。”

主教被触动了。他太了解、太喜爱卡耶塔诺·德劳拉，没怎么在意他梦中的谜团。他才华横溢、品格优良，不管是在教区，还是在主教的心目中，他都有着牢不可破的地位。主教闭上眼睛，黄昏时分他总要打个三分钟的小盹。

与此同时，德劳拉在同一张桌子上吃饭，接下来他们还要一起做晚祷。他饭还没吃完，只见主教在摇椅上展了展身子，做出了影响他一生的重大决定：

“你来负责这件事情。”

主教说这话的时候眼睛仍然闭着，随即发出狮子般的鼾声。德劳拉吃完饭，在鲜花盛开的蔓藤架下他常坐的那把靠背椅上坐了下来。这时，主教睁开了双眼。

“你还没有答我的话呢。”他对德劳拉说。

“我以为您是在说梦话呢。”德劳拉答道。

“那么我现在醒着再说一遍，”主教说，“我把那个女孩的健康托付给你了。”

“我从来没干过这么奇怪的差事。”德劳拉说。

“那么你的意思是拒绝了？”

“我的神父，我不是驱魔者，”德劳拉说，“我不具备做这件事所需的性格、训练或知识。此外，您和我都知道，上帝已经给我设定了另一条道路。”

这话一点不错。经过主教的斡旋，德劳拉已经成为梵蒂冈图书馆西班牙犹太人基金会监理的三名候选人之一。这件事尽管两人都心知肚明，但在他们之间提起这还是第一次。

“这就更合情合理了，”主教说，“女孩的事如果处理好了，很可能会成为一种助力，这正是我们眼下所缺乏的。”

德劳拉有自知之明：他不太擅长和女人打交道。在他看来，女人天生被赋予了某种自成一套的理性，可以让她们在现实世界的种种机缘巧合之间纵横驰骋。一想到要和她们打交道，哪怕只是面对一个像谢尔娃·玛利亚这样毫无自卫能力的小女孩，他手心里就冒出了冷汗。

“不，阁下，”他做出了决定，“我觉得自己没有这个能力。”

“你不仅有这个能力，”主教回答他说，“还绰绰有余地拥有别人都没有的东西：灵感。”

这个词牵涉的话题太大了，不是三言两语能说得完的。然而主教并没有强迫他立即接受，而是给了他一段思考的时间，那天起圣周服丧就开始了，他可以在那之后再作答复。

“你先去看看那个女孩，”主教对他说，“深入了解一下她的情况，然后再汇报给我。”

就这样，年满三十六岁的卡耶塔诺·阿尔西诺·德尔埃斯皮里图·桑托·德劳拉－埃斯库德罗步入了谢尔娃·玛利亚的生活，步入了这座城市的历史。当年主教在萨拉曼卡主持著名的神学讲坛时，他曾是他的学生，并以最优秀的成绩从那一级毕业。他坚信自己的父亲是加尔西拉索·德拉维加的直系后裔，他对这位先人有一种近乎宗教性的崇拜，逢人必说。他的母亲出生在蒙波斯省圣马丁－德罗巴市的一个西班牙人家庭，后来随父母去了西班牙。德劳拉一直认为自己和母亲没什么关联，直到后来到了新格拉纳达王国，他才意识到自己承袭而来的那份乡愁。

自打第一次在萨拉曼卡同他谈话开始，德卡塞雷斯－维尔图德斯主教就认定他是一个能给基督精神增添荣耀的不可多得的人才。那是二月里一个寒冷的早晨，透过窗户可以看见冰雪覆盖的原野，远处河岸上的白杨树排列成行。这幅冬日图景将成为一个反复出现的梦境，在这位年轻神学家的余生中始终追随他。

他们的谈话理所当然包括了读书这个话题，主教简直不敢相信，德劳拉年纪轻轻就已经看过那么多的书。他对主教谈起加尔西拉索，老师坦率地承认对这位诗人知之甚少，只知道他是一位不信教的诗人，在他全部的作品中提到上帝的地方不超过两处。

“不止两处。”德劳拉说，“而且在文艺复兴时期，即便是出色的天主教诗人，这种情况也并不少见。”

就在他第一次发誓愿那天，老师提议让他陪自己一同前往尤卡坦那个充满未知的王国，说自己刚被任命为那里的主教。德劳拉所了解的生活都是书本上的。对他而言，母亲的辽阔世界只是一个梦，永远也不会成为他的世界。当他从雪地里往外刨冻得硬邦邦的小羊羔时，他很难想象那令人窒息的炎热、那永远散发着臭气的腐肉和那蒸汽升腾的沼泽。而对在非洲打过仗的主教来说，想象这些就要容易得多。

“我听说我们有些教士在西印度群岛快乐得疯掉了。”德劳拉说道。

“还有好几个上吊的呢，”主教说，“那是一片被鸡奸、偶像崇拜和嗜食人肉威胁着的土地。”

然后他又不带丝毫偏见地加了一句：

“就和摩尔人的土地一样。”

可他同时又认为，这也正是它最大的魅力所在。那里需要一批勇士，他们要像在沙漠里传道一样，给那片土地带去基督教的文明。不过，二十三岁的德劳拉认为自己已经确立了通向圣灵精髓的道路，他对圣灵怀有绝对的虔诚。

“我这辈子最大的梦想就是成为一名图书馆馆长。”他说，“这是我唯一能派上用场的工作。”

他参加过一次录用考试，为的是竞争托莱多的一个将为他开启梦想之门的职位，他相信自己一定能获得任命。可是他的老师十分固执。

“在尤卡坦做图书管理员比在托莱多做殉道者更容易成为圣人。”主教说。

德劳拉的回答一点也不客气：

“如果上帝肯降恩于我，我宁愿当个天使，而不当圣人。”

他还没考虑好老师给他的建议，他在托莱多的任命就下来了，但他最终选择了尤卡坦。然而他们两个谁也没能到达那里。在七十天的惊涛骇浪之后，他们在狂风海峡遭遇海难，被一支饱受摧残的护卫队救了上来，然后又被抛弃在达连。他们在此地待了一年多的时间，不切实际地苦盼着大帆船队给他们带来信件，直到这一方土地的主教突然死去，留下了空缺，德卡塞雷斯主教被任命为代理主教。从带他们来新目的地的小船上，德劳拉望见了乌拉巴那无边无垠的热带雨林，明白了在托莱多那些阴沉沉的冬天里，母亲为什么会苦苦思念这里。那迷人的彩霞、梦魇中的小鸟、莽莽丛林中醉人的腐叶气味，一切都像是一段他从未经历过的往昔的珍贵回忆。

“唯有圣灵才能安排得如此妥当，把我带到母亲生活过的土地上来。”他这样说道。

十二年后，主教早已放弃了尤卡坦之梦，他已经七十三岁了，得了要命的哮喘，他心里明白，自己再也看不到萨拉曼卡的雪景了。在谢尔娃·玛利亚被送进修道院的那些日子里，他已经做出决定，只等给自己的学生铺平了通往罗马的道路，他便退休。

第二天，卡耶塔诺·德劳拉去了趟圣克拉拉修道院。虽说天气有点热，他还是穿上了粗羊毛长袍，带着装有圣水的小桶和一只盛圣油的小盒子，这些都是对魔鬼作战的首要武器。院长此前从未见过他，可有关他的聪明才智和本领的传言早已打破了修道院的寂静。院长清晨六点在会见室里接待他的时候，他的青春朝气、他殉道者般的苍白脸色、磁性的声音，以及那谜一样的一绺白发，都给她留下了深刻印象。可他的种种过人之处，并不足以让她忘记这位是奉主教之命前来作战的战士。而对德劳拉来说，那天唯一引起他注意的，是公鸡们骚动不安的啼鸣。

“一共就六只公鸡，叫起来却像有一百只，”院长说，“另外，有一头猪突然开始说话了，还有一只山羊产下了三胞胎。”院长又恳切万分地加了句：“自从您那位主教施恩给我们送来那个祸害，一切就都成了这副样子。”

花园里鲜花盛开，旺盛得有点不合时令，这也让院长觉得有点不对劲。穿过花园时，她指给德劳拉看，不少花的大小和颜色都像假的一样，还有一些散发着令人难以忍受的怪味。在她看来，一切日常事物都披上了某种超自然的色彩。她的每一句话都让德劳拉觉得这女人比他强势得多，于是他抓紧时间磨利自己的刀剑。

“我们并没有说那女孩被魔鬼附体了，”他这样开了口，“我们只是说有理由这样怀疑。”

“我们现在的亲眼所见足以证实这一点。”院长答道。

“请您注意，”德劳拉说，“有时候我们会把某些我们搞不懂的事情归结为魔鬼在作祟，而不去想，会不会是我们对上帝的理解还不够深刻。”

“圣托马斯说过，而且我拥护他的说法，”院长说，“对于魔鬼说的话，哪怕是真理，也不要相信。”

二楼安安静静的。一边是一排空着的单人房，白天都上着锁，前方是一排窗户，朝向浩瀚的大海。那些见习修女表面上看都在专心干活，可实际上，当院长和来访者一路走向那座牢房楼时，她们关注着二人的一举一动。

谢尔娃·玛利亚的牢房在走廊尽头，走到那里之前，他们路过马尔蒂娜·拉波尔德的牢房，此人也曾是个修女，因为用刀子捅死两名女伴而被判处终身监禁。她一直不肯吐露动机，已经被关了十一年了，她的名声更多地来自一次次未遂的逃跑而非她的罪行。她从不认为终生被关在这里和在修道院里当修女有什么分别，她的这种想法从未改变，以至于曾主动提出是否可以到活死人的楼里去当女佣来代替服刑。她自打有了这个念头就从未安生过，像对待信仰一样为此投注了无限的热忱，说穿了，她就是想获得自由，哪怕她不得不再次杀人。

德劳拉抑制不住孩童般的好奇心，透过小窗的铁栅栏向牢房里看去。马尔蒂娜背对着他们，觉察到有人在看自己，朝门口转过身来。德劳拉立刻感受到这女人的魔力。院长有些不安，把他从窗前一把拉开。

“您小心点，”院长对他说，“这女人可是什么事都干得出来的。”

“有这么厉害吗？”德劳拉问道。

“就是这么厉害，”院长回答道，“如果这事儿归我管，她早就给放出来了。她是这座修道院里一个巨大的不安定因素。”

女看守打开谢尔娃·玛利亚的牢门，一股腐臭的气味扑面而来。女孩仰躺在没铺垫子的石头床上，手脚被皮带捆着，看上去就像死了一样，可她的眼睛泛出大海的光亮。德劳拉看到她和自己梦境中的女孩一模一样，不禁浑身发抖，冷汗淋漓。他闭上双眼，用尽信仰的全部力量低声祷告了几句，做完这些，他觉得自己恢复了镇定。

“就算这个可怜的人儿没有被任何魔鬼附体，”他说，“她在这里的环境也会将她推向这样的境地。”

院长答道：“我们可没有这般能耐。”她们的确已经尽了全力来把这间牢房维持在最佳状态，可谢尔娃·玛利亚自己弄出了一堆垃圾。

“我们的作战对象不是她,而是附在她身上的魔鬼。”德劳拉说。

他踮起脚，绕过地上的污秽，走进了牢房，一面用小掸子在牢房里洒着圣水，一面按例行程序喃喃祷告。院长被水在墙上浸出的大片水渍惊呆了。

“血！”她尖声叫道。

德劳拉对她的这种轻率判断不以为然。首先，不能因为水是红颜色的就认定那是血,其次,即便是,也不一定就是魔鬼的。“设想这是一个奇迹，而只有上帝才有这般本领可能更合理。”他说。可是，二者皆非，因为石灰墙上的水渍干了以后不再是红颜色，而是显现出一种深绿色。院长的脸一下子红了。不光是克拉拉会修女，在她那个年代，所有女性都被禁止接受任何类别的学校教育，可她生长在一个杰出的神学家和了不起的异教徒相混合的家庭，从年少时起就学会了学院式的辩论。

“可是至少，”她反驳道，“我们不能否定魔鬼也会有改变血的颜色这种简单的本领。”

“能及时提出疑问最好不过，”德劳拉应声答道，两眼直视着院长，“请您读一读圣奥古斯丁吧。”

“圣奥古斯丁的著作我已读得滚瓜烂熟。”院长说道。

“那就请您再去读一遍。”德劳拉说。

在处理女孩的事情之前，他先好声好气地请那位女看守离开了牢房。然后他又对院长发了话，声音里少了些刚才的温和：

“您也请便吧。”

“这样做您可得负责。”院长说。

“这里权威最高的是主教。”他说。

“这一点用不着您来提醒，”院长语带讥讽，“我们早就知道你们是上帝的管家。”

德劳拉没去理睬院长最后那个用词，他在床边坐了下来，带着一种医生的细致神情查看女孩的身体。他还有点发抖，但已经不出冷汗了。

靠近了看，谢尔娃·玛利亚身上有抓挠的痕迹，青一块紫一块的，皮肤被皮带勒破了皮，可她身上最触目惊心的还是脚踝上的伤口，因为江湖庸医的胡乱治疗，伤口红肿，还化了脓。

德劳拉一边给女孩检查，一边向她解释说，把她送到这里来不是为了害死她，而是怀疑有个魔鬼进了她的身体想偷走她的灵魂，说他需要她的配合才能弄明白真相。可是，德劳拉无法确定女孩是否在听他说话，又是否明白他是真心真意地在请求她配合。

检查完毕之后，德劳拉让人拿来一个药箱，但他没让那个药剂师修女进入牢房。他在女孩的伤口上抹了些药膏，又轻轻吹了吹，以缓解又红又肿的皮肤的灼痛，女孩对疼痛的忍受力令他钦佩不已。谢尔娃·玛利亚没有回答他任何一个问题，对他的布道也未流露出丝毫兴趣，更没有一丁点的抱怨。

这样的一个开端使德劳拉回到图书馆这个宁静港湾后还一直很沮丧。图书馆在主教府里算是最大的一间屋子了，一扇窗户都没有，沿墙满满当当都是红木玻璃柜，书很多很多，放得整整齐齐。屋子正中央是一张大桌子，上面放着些航海图、一个星盘和其他一些航海仪器，还有一架地球仪，随着世界的不断扩大，上面有历代绘图师手工修修补补的痕迹。房间的一头有一张粗木书案，上有墨水瓶、削笔刀、几根用当地的火鸡羽毛做的笔、吸墨粉和一个花瓶，花瓶里插着一枝枯萎的康乃馨。整间屋子里光线幽暗，弥漫着一股陈年的书卷味，透着森林里的那种清新与宁静。

房间深处一个很小的角落里放着一个书橱，用粗木板封住。被监禁于其中的是神圣宗教法庭清除的禁书，因为“其内容亵渎神明、随意编造，故事虚假”。除了卡耶塔诺·德劳拉以外，谁都不能打开这个书橱，只有他得到了教皇的特别许可，可以去研究那些迷途的文字会把人带进什么样的深渊。

自从认识了谢尔娃·玛利亚，这个多年的宁静港湾却成了他的地狱。他再也不和教会里的或是世俗的朋友们聚会了，这些人曾与他一起分享纯洁思想带来的愉悦，进行学术竞赛，举办文学聚会和音乐晚会。现在，他的全部激情都投注在识破魔鬼的各种狡诈伎俩上，他用了五天五夜的时间阅读和思考，之后才又返回了修道院。礼拜一，主教看见他步履坚定地走了出来，便问他感觉怎么样。

“此刻我就像长出了圣灵的翅膀一样。”德劳拉答道。

他穿上了粗棉布长袍，这赋予他一个樵夫的胆气，他的灵魂披上了对抗气馁的盔甲。这都是必需的。对他的问候，女看守只是用鼻子哼了一声作为回答，而谢尔娃·玛利亚见到他时一脸阴沉，牢房里满地的剩饭和大小便令人喘不上气来。祭台上，在圣灯旁边放着当天的午餐，动都没动过。德劳拉端起盘子，舀了一勺裹在凝固的油脂里的黑豆喂她。她躲开了。他又试了几次，女孩的反应每次都一样。于是德劳拉自己吃掉了那勺黑豆，在嘴里咂了咂味儿之后，他嚼也没嚼就咽了下去，脸上满满地写着厌恶二字。

“你做得对，”他对女孩说，“这太不像话了。”

女孩根本没理会他的话。德劳拉替她治疗脚踝上的伤口时，她的皮肤抽搐了一下，眼睛也湿润了。德劳拉以为她被打动了，便细声细气地用一个温柔的牧羊人的言语安慰她，最后还壮起胆子松开了她手脚上的皮带，让她缓一缓被勒坏了的身体。女孩把手指蜷了好几次，直到感觉到它们还是自己的，又伸了伸被捆得麻木的双脚，这才头一次看了看德劳拉。她上下打量了他一会儿，突然像一头被困的野兽似的一跃而起，准确地扑到了他身上。女看守帮着把女孩制服，又将她绑好。临走之前，德劳拉从衣兜里掏出一串檀香木念珠，挂在了谢尔娃·玛利亚那些萨泰里阿教项链上。

主教看见德劳拉脸上的抓痕和手上被咬的伤口大吃一惊，那伤口光是看一看就让人疼从心起。可是，令主教更为吃惊的是德劳拉的反应，他把他的伤当成战利品一样炫耀，还开玩笑说自己会不会染上狂犬病。不过，主教的医生还是认认真真地给他处理了伤口，因为医生和另外一些人担心，下礼拜一的日食会是巨大灾祸的预兆。

不过，杀人犯马尔蒂娜·拉波尔德却没有在谢尔娃·玛利亚那里遭到任何抵抗。她曾踮着脚尖假装碰巧进了那间牢房，看见女孩手脚被绑躺在床上。女孩起初很紧张，两眼警惕地直愣愣盯着她，直到后来马尔蒂娜朝她微微一笑，女孩便也报以微笑，无条件地投降了。就好像多明伽·德阿德文托的灵魂一下子塞满了这间牢房。

尽管因为不停申明自己的无辜而哑了嗓子，马尔蒂娜还是告诉了女孩她是谁，又为什么要在那里度过她的余生。当她问谢尔娃·玛利亚因为什么缘故被关在那里时，女孩只能用自己从驱魔师那里听到的那点儿说法回答她：

“我身体里有个魔鬼。”

马尔蒂娜没再追问，她想，要么是女孩本人在撒谎，要么就是有人对女孩撒了谎，而没有意识到自己是听到女孩吐露实情的少数几个白人之一。她给女孩露了一手她的刺绣手艺，女孩请求她把自己松开，好能跟着她学。马尔蒂娜给她看了看自己长袍衣兜里装着的剪刀，以及其他几件做针线活的家什。

“你想要的不就是让我把你放开吗，”她说，“可是我警告你，如果你对我使什么坏的话，我有的是办法收拾你。”

谢尔娃·玛利亚毫不怀疑这个女人的决断力。松了绑的她学起刺绣来又快又巧，耳朵也好使，就像当初她学古诗琴一样。临走时，马尔蒂娜答应女孩，争取下礼拜一带她一起去看日全食。

礼拜五清晨，燕子要飞走了，它们在天空中围成了一个大圈，令人作呕的蓝色粪便雪花般落在街道和房顶上。人们吃不下、睡不着，直到中午的太阳晒干了发硬的鸟粪，晚风吹净了空气。但惊恐已然蔓延。从来没有人看见过成群的燕子一边飞一边屙下粪便，也从来没有人听说过燕子粪便发出的恶臭能让人难以过活。

自然，在修道院里，谁都不怀疑谢尔娃·玛利亚拥有改变迁徙规律的本领。礼拜天做完弥撒后，德劳拉提着一小篮从外面买来的甜食穿过花园时，甚至从空气中感觉到了这种紧张的氛围。谢尔娃·玛利亚对这一切无动于衷，脖子上还戴着那串念珠，可她没有回应德劳拉的问候，连看都懒得看他一眼。他在她身边坐了下来，从篮子里取了块奶酪饼，兴致勃勃地嚼起来，嘴里含满了食物对她说：

“这东西吃起来有股天堂的味道。”

他把剩下的一半奶酪饼递到谢尔娃·玛利亚嘴边。她躲开了，但没有像前几次那样转过身去面对着墙，而是向德劳拉指了指：女看守正在监视他们呢。他朝着大门的方向用力挥了挥手。

“走开。”他命令道。

女看守离开后，女孩想用这半块饼垫垫早已饥肠辘辘的肚子，可刚吃到嘴里就吐了出来。“一股燕子屎的味道。”她说。但她的脾气却改了不少。他给她治疗后背上火辣辣的脱皮伤口时她挺配合，而且当她发现德劳拉手上包着绷带时，第一次对他投来关注。她带着一种绝非装出来的天真问他怎么了。

“被一条尾巴有一米多长的小疯狗咬了一口。”德劳拉告诉她。

谢尔娃·玛利亚想看看伤口。德劳拉解开绷带，她用食指轻轻碰了碰肿起来的紫红色伤口，仿佛那是一块烧红的炭，她第一次露出了笑容。

“我比瘟疫还要讨人嫌吧。”她说。

德劳拉没有引用《福音书》来回答她，而是用了句加尔西拉索的诗：

“只要对方能承受，万事皆可为。”

德劳拉心情激动，预感到某件重大的、无可挽回的事情已经开始步入他的人生。出门的时候，女看守以院长的名义提醒他说，外面的食物是不许带入的，怕有人把有毒的食品送进来，过去修道院被围困期间就发生过这样的事。德劳拉对她撒谎说，带这个篮子来是经过主教同意了的，他还正式提出抗议，说在这样一座以厨艺闻名的修道院里，犯人的伙食实在是太糟糕了。

晚饭期间，他为主教读书时的精神面貌焕然一新。他像往常一样陪主教做了晚祷，祷告时他一直闭着眼睛，为了能更专心地想念谢尔娃·玛利亚。他回图书馆的时间比往日早了一些，他一直惦念着她，而且越是去想她，思念的渴望就越强烈。他高声诵读加尔西拉索的那些爱的十四行诗，心中惊惶不安，他怀疑每一句诗都是用密码写成的预兆，与他的生活密切相关。他难以入眠。天快亮的时候，他才趴在书案上睡着了，额头压在那本他只字未读的书上。睡梦深处，他听见隔壁教堂传来三声新一天的晨祷钟声。“万圣护佑的玛利亚，愿上帝保佑你。”他在睡梦中说道。他被自己的声音突然惊醒了，看见谢尔娃·玛利亚穿着囚袍，火焰般的长发披散在肩头，她把桌上花瓶里枯萎的康乃馨扔掉，换上了一束含苞欲放的栀子花。德劳拉用炽热的声音诵出加尔西拉索的诗句：“我为你而生，因为你，我有了生命，我必为你而死，因为你，我奄奄一息。”谢尔娃·玛利亚没有看他，只是莞尔一笑。他闭上双眼，好确定这并不是什么幻影在作怪。当他再次睁开眼睛，刚才的景象消失了，可整个图书馆里都飘荡着栀子花的香气。

四

卡耶塔诺·德劳拉神父应主教的邀请到开满黄花的风铃草藤萝架下观看日食，这里是整个府邸里唯一能将海天一览无余的地方。鹈鹕展开双翅，停在高空中一动不动，仿佛飞着飞着突然死去了一般。主教躺在一张吊床里，吊床两头拴在叉形支棍上的船用绞盘上，他刚睡完午觉，正缓缓地摇着扇子。德劳拉坐在他旁边的一把柳条摇椅上晃着。两个人都悠然惬意，一面喝着罗望子水，一面越过屋顶望着万里无云的辽阔天空。两点钟刚过，天空开始暗了下来，母鸡都蜷缩在架上，满天的星星同时亮了起来。整个世界都好像打了个超自然的寒战。主教听见几只迟归的鸽子扑打着翅膀，在黑暗中摸索着寻找鸽舍。

“上帝是伟大的，”他叹息道，“连动物都能感觉得到。”

值班的修女给主教送来一盏灯，以及几片用来看太阳的烟熏玻璃。主教在吊床上坐直了身子，开始透过玻璃片观察太阳。

“得用一只眼睛看才行，”主教说着，一面努力不让自己的呼吸发出哨音，“否则，就有两只眼睛都瞎掉的危险。”

德劳拉用手举着玻璃片，并没有去看日食。在长时间的寂静之后，主教暗中瞄了他一眼，看见他两眼发光，对这个虚假夜晚的魅力无动于衷。

“你在想什么？”主教问他。

德劳拉没有回答。此刻，他看见太阳像一轮越来越小的月亮，尽管隔着熏黑的玻璃片，他的视网膜还是被灼痛了。但他没有停止观看。

“你还在想那个小女孩吧。”主教说。

尽管主教常常料事如神，卡耶塔诺还是吃了一惊。“我刚才在想，老百姓会把他们的厄运同这次日食挂上钩的。”他说。主教摇了摇头，眼睛还是盯着天上。

“谁知道他们的想法有没有道理呢？”他说，“天主怎么出牌不是那么容易看得懂的。”

“这种现象早在几千年前就被亚述王国的天文学家们算出来了。”德劳拉说道。

“那是耶稣会教士的说法。”主教说。

卡耶塔诺继续望着太阳，但因为心烦意乱而没有使用玻璃片。两点十二分，太阳变成了一个完完整整的黑色圆盘，一时间，白天变成了午夜。随后，太阳恢复了它的人间本色，雄鸡也像在清晨一样啼鸣起来。等到不再盯住太阳看的时候，德劳拉的视网膜上仍然闪动着那个火的圆盘。

“这会儿我还能看见日食，”他开心地说，“不管我往哪边看，都能看见它。”

主教认为这项活动已经结束。“过几个小时就会消下去的。”说着，他在吊床上伸了个懒腰，打了个哈欠，并感谢上帝带来了新的一天。

德劳拉没有丢掉方才的话头。

“我尊敬的神父，”他说，“我不觉得那女孩被魔鬼附了体。”

这回轮到主教大吃一惊了。

“你为什么这样说？”

“我觉得她仅仅是受了惊吓而已。”德劳拉说道。

“我们有大量的证据，”主教说，“难道你没有看过那些记录吗？”

岂止看过，德劳拉对那些记录进行了深入研究，与其说这有助于了解谢尔娃·玛利亚的状况，还不如说这有助于了解院长的心思。女孩入院头一天早晨待过的地方、碰过的所有东西都给驱了一遍魔。所有和她接触过的人都接受了斋戒和净化。第一天抢了她戒指的那个见习修女被罚在园子里强迫劳动。大家纷纷传言说那女孩徒手杀死了一只山羊，开开心心地肢解了它，又兴高采烈地就着调料吃下了山羊的睾丸和眼睛。她还炫耀自己的语言天分，和非洲各个国家的人都谈笑自如，比他们自己彼此之间交流还要顺畅，此外她还能与各种动物对话。修道院里养的十一只金刚鹦鹉，二十年来一直装点着花园，女孩来的第二天，一大早，它们无缘无故地死得一只不剩。她还用假嗓音唱魔力十足的歌曲，把奴仆们迷得神魂颠倒。当她知道院长在找她时，她使出只让院长看不见她的隐身法术。

“不管怎么样，”德劳拉说，“我认为所有我们觉得是恶魔作祟的那些东西，都是黑人的习俗，是那女孩在被父母弃之不管的情况下学会的。”

“小心一点吧！”主教警告德劳拉，“比起利用我们的错误，主的敌人更善于利用我们的智慧。”

“这么说，我们能给主的敌人送去的最好礼物就是在一个健健康康的女孩身上驱魔喽？”德劳拉反驳道。

主教被激怒了。

“我可以理解为你要造反吗？”

“请您理解，我只是坚持我的疑问，主教大人，”德劳拉说，“可我绝对谦卑地顺从您。”

就这样，他没能说服主教，便又回到了修道院。他的左眼上蒙了块单眼眼罩，那是他的医生让他戴上的，一直要戴到他视网膜上印下的太阳消散为止。在花园和一道道走廊里行走的时候，他始终感到有许多目光在追随着自己，一直追到那间牢房，可是没有一个人对他开口说话。整座修道院似乎正在从日食的惊扰中慢慢恢复。

女看守为他打开谢尔娃·玛利亚的牢门时，德劳拉只觉得心脏在胸膛里怦怦乱跳，他几乎站不稳。为了探一探她那天早晨情绪如何，德劳拉问女孩看没看日食。实际上，她在露台上看了，可她不明白他为什么在眼睛上戴这么个罩子，她看的时候也没用任何防护，却什么问题也没有。她告诉他，修女们看日食的时候都跪倒在地，整个修道院都瘫痪了，一直到后来公鸡啼叫起来。可她一点也没觉得这和另一个世界有什么关系。

“我看到的和我每天晚上看到的没什么两样。”她说。

她身上已经有什么东西发生了变化，只是德劳拉一时还拿不准，最明显的是，她有了一丝忧伤的情绪。他没有弄错。他刚开始给她治疗伤口，女孩就满眼急切地盯住了他，声音颤抖着对他说：

“我要死了。”

德劳拉浑身一颤。

“谁跟你说的？”

“马尔蒂娜说的。”女孩告诉他。

“你见过她了？”

女孩告诉他，这女人已经来过她牢房两次，教她刺绣，她们还一起看了日食。她还说，这女人挺好的，脾气温和，院长批准她在露台上教大家刺绣，在那里还能观赏海上的黄昏。

“啊哈，”德劳拉答道，眼睛一眨不眨，“她跟你说过你什么时候死吗？”

女孩咬紧了嘴唇，差点没哭出来。

“日食以后。”她说。

“日食以后，那也可能是一百年以后呀。”德劳拉说道。

不过，他得把注意力都集中在治疗上，以免女孩看出他嗓子眼发紧。谢尔娃·玛利亚没再说什么。他觉得这沉默有点怪，便又看了女孩一眼，这才发现她的双眼湿润了。

“我害怕。”女孩说。

说完她倒在床上，放声大哭。他稍稍坐近了点，用告解神父的和缓口吻安慰她。谢尔娃·玛利亚这才恍然大悟，原来卡耶塔诺不是来给她看病的，而是来给她驱魔的。

“那你为什么还要给我疗伤呢？”她问道。

他的声音有些发抖：

“因为我非常爱你。”

她对他的鲁莽没什么反应。

离开时，德劳拉往马尔蒂娜的牢房里看了看。他第一次看清了，她一脸麻子，头上没一根头发，鼻子奇大无比，满嘴的老鼠牙，但从她身上立刻能感觉到一股诱惑力在涌动。德劳拉宁愿站在门口同她说话。

“那个可怜的孩子已经有够多的理由担惊受怕了，”他说，“我请求您别再给她添乱了。”

马尔蒂娜愣住了。她从来没想过预言任何人的死期，更不会对一个如此可爱无助的小女孩这样做。她只不过问了问她的状况，女孩刚回答了三四个问题她就明白了这孩子撒谎成性。马尔蒂娜说话时的认真态度足以使德劳拉明白，原来谢尔娃·玛利亚对他也说了谎话。他为自己的轻率向马尔蒂娜道歉，并请求她不要去找女孩理论。

“至于我要做什么，我自然会知道的。”他最后说道。

马尔蒂娜开始对他施展魔力。“我知道阁下是什么人，”她说，“我也知道您一贯知道自己在做什么。”可这回德劳拉折了一只翅膀，因为他证实了一点，那就是牢房里的孤独足以培育对死亡的恐惧，在这一点上，谢尔娃·玛利亚不需要任何人的帮助。

这个礼拜，何塞法·米兰达嬷嬷派人给主教送去一份她亲笔写的备忘录，其中满是抱怨和抗议。她请求免去克拉拉会修女监守谢尔娃·玛利亚的职责，因为她们的罪过早已赎清，而谢尔娃·玛利亚的到来无疑是对她们追加的惩罚。她还列举了记录在案的一连串新的大事件，这些事件只能用女孩无耻地和魔鬼勾结在一起来解释。最后她怒气冲天地控告了卡耶塔诺·德劳拉的傲慢，说他思想放纵，对她本人心怀私怨，还说他违反戒律，擅自带食物进修道院。

德劳拉刚回来，主教就给他看了那份备忘录，他站着读了起来，脸上肌肉纹丝不动。看完，他怒气冲天。

“如果说这世上有谁被所有魔鬼附了体，那这个人就是何塞法·米兰达。”他说，“怨恨的魔鬼，狭隘的魔鬼，愚蠢的魔鬼。这女人该受到诅咒！”

主教对他说出这样恶毒的话感到惊讶，德劳拉注意到了这一点，试图用一种平静的语气为自己解释。

“我的意思是说，”他说道，“她赋予邪恶势力这么大的能耐，让人感觉她似乎更崇拜魔鬼。”

“我的职权不允许我同意你的说法，”主教说道，“可我心里很想表示赞同。”

主教训导他凡事都要有尺度，不可过分，并要求他一定要有耐心，以便对付院长那不幸的坏脾气。“《福音书》里像她这样的女人多了去了，有的比她毛病还多，”他说，“尽管如此，耶稣还是对她们颂扬备至。”主教没能说下去，因为一声惊雷响彻整个府邸，接着轰隆隆地向海面滚去，一场如《圣经》里描述的大雨把他们和余下的世界隔绝开来。主教躺回摇椅上，陷入对故土的怀念。

“我们离得太远了！”他叹了口气。

“离哪儿太远？”

“离我们自己，”主教说，“一个人用了一年的时间才弄明白自己是个孤儿，你觉得这公平吗？”等不来答案，他便坦承自己的思乡之情：“一想到此刻在西班牙，人们已经入睡，我的心就充满恐惧。”

“地球的转动不是我们能管得了的。”德劳拉说。

“可是我们可以假装不知道它在转动，这样心里会好受一些，”主教说，“伽利略缺失的不光是信仰，他更缺的是心。”

德劳拉十分清楚是些什么样的危机在一个个淫雨霏霏的夜晚折磨着主教，这从他突然老去的那一刻就开始了。唯一能做的就是把他从这种分泌黑色胆汁的状态下岔开，直到睡意将他征服。

月底，贴出来一张公告，宣布新任总督堂罗德里戈·德布恩·洛萨诺在去圣菲就职途中将在此地停留访问。随行人员有法官、公务人员、仆人和私人医生，还有一支四人弦乐队，这是女王送给他的礼物，以助他打发在西印度群岛的无聊时光。总督夫人和修道院院长有点亲戚关系，便请她安排自己住在修道院里。

到处都弥漫着生石灰刺鼻的气味，沥青冒着蒸汽，榔头叮叮当当地敲得人心烦，各色人等的叫骂声一直传进清修的内院里来，在这样的环境中，谢尔娃·玛利亚被遗忘了。一个脚手架轰然倒下，死了一个泥瓦匠，还有七个工匠受了伤。院长认定这次灾祸是谢尔娃·玛利亚施展妖术所致，并利用这个新的机会再一次要求把她打发到别的修道院去，直到办完这桩大事。这次院长的主要理由是，让总督夫人住在这么一个被魔鬼附体的女孩旁边实在太不合适了。主教没有答复她。

堂罗德里戈·德布恩·洛萨诺，阿斯图里亚斯人氏，英俊老练，得过巴斯克球和射石鸡比赛的冠军，这多少弥补了他比妻子大二十二岁的缺憾。他笑起来浑身都在抖，就连自嘲时也是如此，他从来不放过任何展示自己体魄的机会。刚刚感受到加勒比海夹杂着夜间鼓声和番石榴成熟香气的第一缕微风，他便脱去了春季的华服，袒露着胸膛，在女士们的圈子里走来走去。从船上下来的时候，他身着衬衣，既没有发表演讲，也没有受到鸣炮相迎。尽管主教有禁令，但为了欢迎总督，人们还是被准许跳起了方丹戈舞、奔德舞和昆比亚舞，并在空旷的地方举行了斗牛和斗鸡表演。

总督夫人几乎还是个妙龄少女，活泼好动，还有点任性，像一阵革新的风暴刮进了修道院。没有她搜寻不到的角落，没有她理解不了的问题，也没有她不想改善一下的东西。初来乍到，她在修道院里跑来跑去，想穷尽这里的每一个角落。到后来，院长认为，还是别让她对监狱这一块留下什么坏印象为好。

“那地方没什么看头，”她对总督夫人说道，“总共只有两个犯人，其中一个还被魔鬼附了体。”

这话足以引起总督夫人的兴趣。这时再说什么牢房还没有准备好呀、犯人也没能事先告诫一番呀，通通没有用处了。牢门刚一打开，马尔蒂娜·拉波尔德就一头扑倒在总督夫人脚下，请求得到宽恕。

这可不大容易：她已经逃亡过两次，一次失败一次成功。第一次是在六年前，她，还有另外三个因犯了不同罪过被判处不同刑罚的修女，试图从面向大海的那个露台逃跑。一个修女成功逃脱。从那以后，窗户就都封上了，露台下面的院子也设了防。第二年，剩下的三个人捆住了当时睡在楼里的女看守，从一扇供奴仆们进出的小门逃了出去。马尔蒂娜的家人听从了她的告解神父的建议，把她又送回了修道院。在此后漫长的四年里，她始终是那里唯一的犯人，没有权利去会见室见家里人，礼拜天也不能去小教堂望弥撒。这一切都使得宽恕看起来根本不可能。然而，总督夫人答应替她向丈夫求情。

谢尔娃·玛利亚的牢房里，生石灰和沥青的怪味儿还很刺鼻，但已是面貌一新。女看守一打开牢门，总督夫人就感到一股寒气扑面而来。谢尔娃·玛利亚穿着一件磨破的长袍，脚下一双脏兮兮的套鞋，坐在一个被她自身的光照亮的角落里，慢条斯理地做着针线活。直到总督夫人向她问了声好，她才抬起眼来。总督夫人在她的目光里看见了一种不可抗拒的启示的力量。“至圣至尊的圣体啊。”她喃喃说道，向牢房里迈了一步。

“您小心点，”院长附在她耳边告诉她，“她就像头母老虎。”

院长抓住了总督夫人的胳膊。总督夫人没再往里走，可只看了谢尔娃·玛利亚一眼，就足以让她决定要救赎这个女孩。

该城的市长是个女里女气的单身汉，他为总督举办了一场只有男人参加的午宴。那支西班牙四人弦乐队和另一支来自圣哈辛托的风笛鼓乐队演奏了乐曲，一队黑人跳起了群舞和化妆舞，拙劣地模仿白人的舞蹈。最后，大厅尽头的帘幕拉开了，市长用等重的黄金买的那个阿比西尼亚女奴现身了。她身着一件几乎透明的长袍，这让她的裸体更具诱惑力。在近距离地向普通观众展示自己之后，她停在了总督面前，长袍也一下子从她身上滑落到脚下。

女奴完美到了惊人的地步。她的肩膀上没有被黑奴贩子打上烙印，后背也没有烙上第一个买主姓氏的首字母。她全身散发出一种神秘的气息。总督脸色发白，喘了口粗气，挥了挥手，把这个消受不起的场面从脑海里抹去。

“看在主的分上，快把她带走，”他吩咐道，“我这辈子都不想再见到她。”

兴许是为了报复市长的轻浮举动，在院长于自己的私人餐厅举办的晚宴上，总督夫人向大家介绍了谢尔娃·玛利亚。马尔蒂娜·拉波尔德警告过他们：“千万别试图取下她的项链和手镯，然后你们就会看到她表现得有多棒。”果然如此。她们给她穿上了她来修道院时穿的那件她祖母的衣服，给她洗了头，又把她散乱的长发梳得整整齐齐，使其拖在她的身后，总督夫人亲自牵着她的手，把她带到丈夫桌前。就连院长都被她的优雅、她的光彩照人和那一头非比寻常的长发给震住了。总督夫人在丈夫耳边轻轻说道：

“这个女孩被魔鬼附了体。”

总督不肯相信。他先前在布尔戈斯看见过一个被魔鬼附体的女人，她一整夜不停地拉屎，最后粪便都从房间里溢了出去。为避免谢尔娃·玛利亚也遭此厄运，总督把她交给了自己的几个医生。他们都肯定地说，这女孩没有一丝一毫狂犬病的症状，和阿布雷农肖一样，他们也认为她已经不可能再染上那病了。可是要说她没有被魔鬼附体，他们谁都没有把握。

主教利用这次盛会的时间仔细想了想院长的那份备忘录，想了想谢尔娃·玛利亚最后的结局。至于卡耶塔诺·德劳拉，则试图在驱魔前做些自我净化的准备，他把自己关在图书馆里，只带了些木薯饼和水。他没能成功，而是整夜神志昏迷，白天也不能合眼，片刻不停地写着放荡不羁的诗句，只有这样他才能使自己骚动的躯体安静下来。

差不多一百年以后，在拆迁这间图书馆的时候，人们在一札几乎已经无法辨读的文卷中发现了其中几首诗。第一首，也是唯一一首可以完整辨读的，写的是他对自己十二岁时的回忆：那一天春雨绵绵，在阿维拉神学院铺着鹅卵石的院子里，他坐在一口学生用的木箱上。那时他刚从托莱多骑了几天的骡子来到这里，身上穿着一件用父亲的衣服按他的身材改小了的衣裳，那口木箱足有他身体两倍重，因为母亲把一切可能用得着的东西全都放了进去，好让他体面地过完实习期。守门人帮他把箱子搬到了院子中央，然后就把他扔在了雨地里。

“你自己把它搬到三楼去吧，”守门人对他说，“到了那儿有人会告诉你宿舍里哪一块地方是你的。”

一时间，整个神学院的人都汇聚在面朝院子的阳台上，想看看他怎么搬这口大木箱，这时的他就像是一出戏中的唯一角色，只有他自己浑然不知。当他明白了不会有任何人来帮忙，便顺着石块砌成的陡峭台阶，用自己的两条臂膀搬起尽可能多的东西上了三楼。新学员的寝室里有两排床，指导老师给他指了指他的地方。卡耶塔诺把东西放在自己的床上，再回到院子里，就这样又跑了四趟才把东西搬完。最后他抓住空木箱的把手，硬把木箱从台阶上拖了上去。

他经过每一层楼的时候，那些站在阳台上看他的教师和学生都没有转回身来看他，但是当他拖着箱子上到三楼时，担任院长的神父在楼梯平台那里等候他，并带头鼓起了掌。其他人也都跟着鼓掌喝彩。于是卡耶塔诺明白了，神学院的第一课就是自己把箱子搬到三楼，不作任何询问，也不向任何人求助，这一关他算是漂漂亮亮地通过了。他思路敏捷、性情温顺、果断坚强，这些都被当成教育新生的典范。

然而，让他记忆最深刻的却是那天晚上在院长办公室的一次谈话。院长叫他去是想跟他谈谈在他箱子里找见的唯一一本书，那书已经散了页，书页不全，又没了封面，是他偶然从他父亲的抽屉里翻出来的。来的路上他已经尽量看了一部分，这会儿正满心想知道结尾如何。院长想听听他对这本书有什么看法。

“读完我就知道了。”他回答道。

院长面露轻松的微笑，把书锁了起来。

“你再也不会知道了，”院长告诉他，“这是一本禁书。”

二十四年以后，在主教府那间幽暗的图书馆里，他意识到，从他手里经过的每本书他几乎都读了，经过批准的也好，被查禁的也好，就是没读完那本书。他感到，就在那一天，一段完整的人生结束了，另一段不可预知的人生开始了，想到这儿，他不寒而栗。

在他斋戒的第八天，他已经开始做下午的祷告了，这时有人来通知他说，主教在大厅里等他，他们要一起迎接总督。即使对总督本人来讲，这也是一次意料之外的访问，他是在城里首次巡游的时候突然心血来潮决定来访的。他不得不在鲜花盛开的露台上凝视了好一会儿四周的建筑，与此同时，离得近的要员们被紧急召来，大厅也经过了简单收拾。

主教同他智囊团的六名教士一起接待了总督。他让卡耶塔诺·德劳拉坐在他的右手边，介绍他的时候没有说他的头衔，只说了他的全名。谈话开始之前，总督先用怜悯的目光扫视了一番斑驳不堪的墙皮、破破烂烂的窗帘、廉价的手工家具，以及几位身穿寒酸长袍、早已被汗湿透的教士。主教带着一股受伤的自豪说："我们都是木匠若瑟[①]的儿子。"总督摆出一副理解的姿态，开始回顾自己在第一个礼拜里的印象。他讲到他那不着边际的计划：在医好战争的创伤之后如何增加与英属安的列斯群岛的贸易；讲到官方在推广教育上的种种功绩；还讲到如何激励艺术和文学，以使这些边缘的殖民地与世界同步。

"这是个革新的时代。"他说。

主教又一次证实了一件事：掌管世俗权力是多么的容易。他

①又译约瑟，为圣母玛利亚的丈夫，耶稣的养父。本书中采用天主教译名。

伸出一根颤巍巍的手指指向德劳拉，看都没看他一眼，对总督说：

“在这里，最能跟上这些新形势的是卡耶塔诺神父。”

总督顺着主教手指的方向看过去，映入眼帘的是一张遥不可及的面孔和一双紧盯着他、一眨也不眨的惊恐的眼睛。总督怀着真诚的兴趣问德劳拉：

“莱布尼茨的书你读过吗？”

“读过，阁下。”德劳拉答道，还加了句解释：“因为职务的需要。”

直到这次访问接近尾声时，大家才弄清楚总督最关心的其实是谢尔娃·玛利亚的状况。总督解释道，这既是为了她本人，也是为了让修道院院长得到安生，院长的烦恼实在让人同情。

“迄今为止，我们还没有什么有力的证据。但是修道院的记录簿告诉我们，这个可怜的女孩确实被魔鬼附体了，”主教说，“关于这一点院长比我们清楚。”

“她认为你们陷入了撒旦布下的一个圈套。”总督说。

“陷入圈套的不光是我们，而是整个西班牙，”主教说道，“我们漂洋过海来到这里，为的是推行基督的准则。我们在望弥撒的时候做到了，在举行宗教游行的时候做到了，在各个守护神的节日里也做到了，可就是没能使之浸入人们的灵魂。”

他谈起了尤卡坦，在那里，他们建起了豪华的大教堂来掩蔽异教的金字塔，可他们并不知道，那些土著去望弥撒，是因为在那些银质祭坛下面，他们自己的神庙依然存在。他还谈到从征服时期就开始了的血统混杂：西班牙人血统和印第安人血统混在一起，这两种血统又和各种各样的黑人血统甚至曼丁加穆斯林血统混在一起，他自问，这样混来混去，上帝的天国里能装得下吗？尽管呼吸不畅，岁数大了老咳嗽，他还是把话一口气对总督说完：

“如果这一切不是上帝的敌人的圈套，那还能是什么呢？”

总督脸色一变。

“阁下把事情想得太严重了吧。”他说。

“请阁下不要这么看这个问题，”主教彬彬有礼，“我只是想强调我们需要信仰的力量，这样，这里的人才值得我们做出牺牲。”

总督回到刚才的话题。

“据我所知，院长的忧虑还是很现实的，”他说，“她觉得，对这样一个棘手的案例而言，也许别的修道院条件更好一些。”

“阁下知道，因为何塞法·米兰达的正直、高效和她的权威性，我们毫不犹豫地选择了圣克拉拉修道院，”主教说道，“上帝知道，我们这样选是有道理的。”

“我会把这一点转达给院长。”总督说。

“这一点她非常清楚，”主教说，“让我感到不安的是她为什么不敢相信这一点。”

说着说着，主教感觉自己的哮喘就要发作了，便匆匆结束了这次接待。他说他收到了院长的一份控诉备忘录，他答应，只要他的健康状况稍有好转，便当全力以赴去解决。总督向他表达了谢意，以一种私人化的礼仪结束了这次访问。总督也患有哮喘痼疾，他把自己的几个医生推荐给了主教，可主教似乎不以为然。

“我的一切都掌握在上帝手中，”他说，“再说我已经活到圣母故去时的年龄了。”

与初见时的问候不同，他们之间的告别进行得缓慢而又充满仪式感。三位教士，包括德劳拉，陪同总督顺着阴暗的走廊走到大门口。总督的卫兵们手持十字戟列成方阵，隔开了成群的乞丐。上马车前，总督朝德劳拉转过身来，不容分说地指着他，说了句：

“不要让我忘记你。”

这句话说得太突然，又不好琢磨，德劳拉只来得及鞠了一躬，作为回答。

总督的马车向修道院驶去，他要把这次访问的结果告诉院长。几个小时以后，就要离开时，他不顾总督夫人的催促，拒绝了对马尔蒂娜·拉波尔德的赦免，因为他觉得这样会给许多他先前在监狱里遇到的触犯人类尊严的罪犯开一个不好的先例。

德劳拉回来时，主教一直向前佝偻着身子，闭着双眼，努力克服呼吸时发出的哨音。侍从们都已踮着脚尖悄悄退下，客厅里一片昏暗。主教四下环顾，看见空空的椅子靠着墙排成了一排，客厅里只剩下卡耶塔诺一个人，便用很低的嗓音问他：

“我们还从未遇见这么好的人，是吗？”

德劳拉摆出模棱两可的姿态，算是回答。主教艰难地抬起身来，手臂支在摇椅扶手上，直到呼吸慢慢平复。他不想吃晚餐了。德劳拉连忙点亮一盏油灯，照亮主教回卧室的路。

“我们对总督太不友好了，是吗？”主教问道。

“有什么理由一定要对他友好呢？”德劳拉反问道，“不预先正式通知，是不能来敲一个主教的大门的。”

主教不同意这个说法，他的口气变得异常严厉。“我的大门就是教会的大门，而他所做的和从前的基督徒没什么两样，”他说道，“失礼的是我，因为我的胸部有问题，我应该做点什么去弥补一下。”走到卧室门口，他话锋一转，改变了语气，还亲切地拍了拍德劳拉的肩膀跟他告别。

“今天晚上为我祷告祷告吧，”他对德劳拉说，“我怕这一夜会很难熬。”

确实如此，在接待来访的时候，他就预感到这次哮喘发作可能会要了他的命。吐酒石和其他各种虎狼之剂都没能缓解症状，只能给他紧急用上了放血疗法。天亮的时候他恢复了元气。

卡耶塔诺在隔壁图书馆里彻夜未眠，浑然不知这边的情况。他刚要开始做晨祷，有人来通知他说主教在卧室里等他。他看见主教的时候，后者正坐在床上吃早饭，一碗巧克力配面包和奶酪，呼吸时就像是一口新做成的风箱，精神矍铄。卡耶塔诺一看见主教的模样，心里就明白了，主教已经拿定主意。

果然，和院长的请求相悖，谢尔娃·玛利亚将继续留在圣克拉拉修道院，而卡耶塔诺·德劳拉神父将得到主教的完全信任，继续负责她的事情。她将不再像现在这样被迫遵守牢规，而是和修道院里其他人一样，享有普遍待遇。虽说主教感谢那本记录簿，但那些记录不够严谨，反而会干扰整个过程的清晰度，因此，驱魔师应该根据自己的判断行事。主教最后授命德劳拉以自己的名义去拜访侯爵，并授予他解决一切需要解决的问题的权利，而主教自己只要时间与身体状况允许，随时可以接见侯爵。

“不会再有别的指示了，”主教这样为自己的话作结，“愿上帝保佑你。”

卡耶塔诺一路小跑来到修道院，心怦怦直跳，但他在牢房里没找见谢尔娃·玛利亚。她在礼堂里，浑身披满了货真价实的珠宝，长发委地，姿态里带着一个女黑奴的优雅端庄：总督随从里的一位著名画师正在为她画像。无论是她的美貌，还是她听从艺术家摆弄时的灵性，都令人惊叹不已。卡耶塔诺深深地陶醉了。他找了个阴凉处坐了下来，他看得见女孩，而女孩却看不见他，他有足够的时间去消除心中的任何疑问。

做午后祷的时候，画像画好了。画师远远地瞄了瞄，又加上最后两三笔，在签上自己的名字之前，他让谢尔娃·玛利亚先看看画像。画得真像，她站在云端，身旁是一群顺从的魔鬼。她缓缓地观赏画像，认出了正值花样年华的自己，最后说了句：

“就像一面镜子一样。”

“连魔鬼都像吗？”画师问道。

“他们就是这样的。”她回答道。

姿势摆完了，卡耶塔诺陪她走回牢房。他从未见过她走路的样子，她的步伐和跳舞一样优雅敏捷。他也从未见过她穿囚服以外的衣裳，而她这一身女王装束使她显得成熟华贵，不难看出，从某种程度上说，她已经长成一个女人了。他们从未并肩而行，这样无忧无虑地走在一起使他很开心。

牢房也变了模样，这是总督夫妇的劝告起了作用，他们在辞行时用主教那些合情合理的理由说动了院长。垫子换了新的，上面有麻布床单和羽毛枕头，还放了些日常的洗漱和洗浴用品。海上的光从没有了十字格的窗户涌进牢房，辉映在刚用石灰粉刷一新的墙上。既然她吃得和修道院里的其他人一样，也就没有必要再从外面带吃食进来了。尽管如此，德劳拉还是一直变着法地偷偷从外面买好吃的东西带进来。

谢尔娃·玛利亚邀请他一起吃午后甜点，德劳拉只尝了一块饼干，那是修女们做的，很有名气。正吃着，女孩漫不经心地说了一句：

“我见过雪。”

卡耶塔诺并不感到惊讶。据说从前有一位总督，想从比利牛斯山带些雪过来，好让这边的土著看看雪是什么样子，殊不知这里其实就有雪，就在临海的内华达山上，在圣马尔塔。兴许这回堂罗德里戈·德布恩·洛萨诺搞了什么新花样，实现了这个奇迹。

“不是的，”女孩说，“我是在梦里看见雪的。”

她告诉他：梦里她站在一扇窗户前，窗外下着大雪，她一颗一颗地摘着吃怀里兜着的一串葡萄。德劳拉有种被恐惧用翅膀扇了一下的感觉。最后的答案近在咫尺，他浑身发抖，壮起胆子问道：

“最后怎么样了？”

“我不敢告诉您。”谢尔娃·玛利亚说。

对他来说，这一句话就足够了。他闭上眼睛为她祈祷。祷告完，他像换了个人一样。

“你别担心，”他对女孩说，“我保证不久你就会自由自在、快快乐乐的，圣灵会保佑你的。”

贝尔纳达一直不知道谢尔娃·玛利亚已经被送进了修道院。她是偶然知道这件事的。一天夜里，她撞见杜尔丝·奥莉维亚在打扫房屋、归置东西，恍惚之中她以为那又是自己的幻觉。为了找到能说服自己的解释，她开始一间房一间房地搜查，找着找着，她突然觉得已经有好些日子没见过谢尔娃·玛利亚了。卡莉达·德尔科布雷把自己知道的情况告诉了她：“侯爵先生通知我们，说她到一个很远很远的地方去了，说我们再也见不到她了。”看见丈夫的卧房里还亮着灯，贝尔纳达没敲门就走了进去。

侯爵躺在吊床上，还没睡着，身边用牛马的粪便点着小火，冒出烟来驱赶蚊虫。看见这个被丝绸睡衣衬得怪模怪样的奇怪女人，脸色苍白、萎靡不振，就像来自一个遥远的地方，侯爵心中也闪过一个念头：自己是不是见了鬼了。贝尔纳达问他谢尔娃·玛利亚上哪儿去了。

“她有好多天没和我们在一起了。”侯爵回答道。

她从最坏的角度来理解侯爵这句话，不得不在离她最近的椅子上坐了下来，好喘口气。

“您的意思是说，阿布雷农肖把该做的事都做了？”她说。

侯爵画了个十字说：

“愿上帝拯救我们！”

侯爵把真相告诉了她。他小心翼翼地解释说，之所以没有及时把这件事告诉她，是因为她自己说过，大家就权当她已经死了。贝尔纳达两眼一眨不眨地听着，那股专注劲头是他在他们十二年不幸的共同生活中从未见过的。

“我知道，这样做会要了我的命，”侯爵说道，“但只要能换回她的命就行。”

贝尔纳达叹了口气：“您是想告诉我，现在我们家的耻辱已经路人皆知了。”她看见丈夫的眼圈里有一滴泪花在闪动，一阵战栗自她的五脏六腑里升起。这一次不是因为死亡，而是因为体悟到该发生的必然会发生，怎么也回避不了。她没有猜错。只见侯爵用尽最后一丝气力从吊床上起身，瘫倒在她跟前，发出一个老人无力回天的号啕大哭。汩汩涌出的男人的眼泪浸透了她的丝绸睡衣，顺着她的大腿根流淌，贝尔纳达投降了。不管她有多恨谢尔娃·玛利亚，她承认，知道她还活着，她总算松了口气。

“我一向对什么都能理解，除了死亡。”她说。

她又把自己关在房间里，陪伴她的只有蜂蜜和可可。两个星期后，她走出房间时活像一具移动的死尸。一大早，侯爵就发觉有人在忙着做外出旅行的准备，但他没太上心。在阳光开始变暖之前，他看见贝尔纳达骑着一头温顺的骡子出了院子的大门，后面还跟着另外一头，驮着行李。她这样出门是很经常的事，不带骡夫，不跟奴隶，不向任何人告别，也不说出门的理由。可侯爵知道，她这一去就再也不会回来了，因为除了每次都带的箱子之外，这次她还把多年来埋在床底下的满满两罐黄金也带走了。

侯爵懒懒地躺在吊床上，那种恐惧再次袭上心头：奴隶们会用刀子把自己捅了，于是他下令连白天也不许他们进到府邸里来。所以，当卡耶塔诺奉主教之命来拜见侯爵的时候，不得不自己推开大门，不请而入，因为任他把门环敲得当当响，就是没人应答。猎犬们在笼子里一阵狂吠，可卡耶塔诺继续向里走。在果园里，侯爵身穿撒拉逊人的外衣，头戴托莱多小帽，正躺在吊床上睡午觉，身上落满了朵朵柑橘花。德劳拉看着侯爵，没去叫醒他，觉得就像看见了苍老的、被孤独摧毁了的谢尔娃·玛利亚。侯爵醒了，因为那个眼罩的缘故，过了好一会儿他才认出这人是德劳拉。德劳拉举起手，伸开五指，摆出一副讲和的态势。

“上帝保佑您，侯爵先生，”他开了口，“您好吗？”

“就这样，”侯爵答道，“一点一点烂下去。”

他疲惫地挥了挥手，把午睡的蛛网拨开，在吊床上坐起身来。卡耶塔诺先为自己擅自进了大门表示了歉意。侯爵向他解释说，敲门环是不会有人理睬的，因为这里的人早已不习惯迎接访客了。德劳拉用一种庄重的音调说：“主教大人事务繁忙，并且饱受哮喘的折磨，授命我以他的代表身份前来拜访。”说完这段开场白，他在吊床旁边坐了下来，直奔那件令他五内俱焚的大事。

“我想通知您，我受委托负责您女儿的精神健康问题。”他说。

侯爵向他表示了感谢，同时想知道女儿近来如何。

“挺不错的，”德劳拉说，“不过，我想帮她恢复得更好一点。”

他向侯爵介绍了驱魔术的意义和方法，对他讲起了由耶稣传授给门徒的这种把妖魔鬼怪从身体里驱除出去，从而治病扶弱的能力，讲起了《福音书》里提到的群魔以及两千头被其附体的猪的故事。当然，眼下最重要的是要弄清楚谢尔娃·玛利亚是不是真的被魔鬼附了体。他是不相信这种说法的，但他需要侯爵的帮助来消除任何疑问。首先，他说，他想了解一下在进修道院之前她是个什么样的女孩。

“不知道，”侯爵答道，“我的感觉是，我越多地去了解她，对她的了解就越少。”

侯爵一直心存内疚，被往事折磨：当年，是他把女儿扔在了奴隶们的院子里不管不顾。女儿有时长达数月的沉默、她突然发作的莫名其妙的暴躁、她与母亲斗智斗勇的那份狡黠(把母亲戴在她手腕上的铃铛拴在猫身上)，这些被他通通归咎于此。而了解她的最大障碍则是她那以撒谎为乐的毛病。

“就像黑人一样。”德劳拉说。

“黑人也只是对我们撒谎，他们自己之间可不这样。”侯爵说。

在她的卧室里，德劳拉一眼就看出哪些是老祖母的东西，哪些是谢尔娃·玛利亚新添的：能活动的玩偶、上了发条能跳舞的小人、八音盒。床上放着侯爵送女儿去修道院时带的那只小箱子，箱子原封未动。那把古诗琴上布满灰尘，被随意扔在一个角落。侯爵解释道，那是一种早已无人弹奏的意大利乐器，并称赞说女儿弹这个很有天分。他漫不经心地给琴调了调音，最后，靠着不错的记忆，他不但弹而且唱起了他和谢尔娃·玛利亚一起唱过的歌曲。

这是一个吐露心声的时刻。德劳拉从乐声里听到了侯爵没有对他讲出的那些有关女儿的事情。侯爵情不能自已，没能把歌唱完。他叹息道：

“您可能想象不出那顶帽子戴在她头上有多合适。”

德劳拉也被他的情绪感染了。

“我看得出来，您很爱您的女儿。”他对侯爵说。

“您想象不出我有多爱她，”侯爵说道，“只要能见她一面，让我付出我的灵魂我都在所不惜。”

德劳拉又一次感觉到，圣灵不会漏过任何一个细枝末节。

“没有比这更好办的了，”他说，“只要我们能证明她并没有被魔鬼附体。”

“您去和阿布雷农肖谈谈吧，”侯爵说，“他从一开始就说过，谢尔娃很健康，可这一点只有他能解释清楚。”

德劳拉拿不定主意。阿布雷农肖可能是天主的安排，可是同他谈话也可能会受到一些意想不到的牵连。侯爵仿佛看穿了他的心思。

“他是一个了不起的人。”侯爵说。

德劳拉晃晃头，摆出一副意味深长的姿态。

“我对宗教法庭的那些文件太熟悉了。”他说。

“只要能重新得到女儿，我做出再大的牺牲都不为过。”侯爵坚持道。看到德劳拉没有任何反应，侯爵给自己的话作了结：

“看在上帝的分上，我求求您了。”

德劳拉心都要碎了，对侯爵说道：

“我也求求您不要再让我为难了。”

侯爵没有再坚持，他拿起床上的小箱子，请德劳拉帮忙带给女儿。

“至少这样她会知道我在挂念着她。”他对德劳拉说。

德劳拉没有告别就逃走了。大雨倾盆，他用斗篷包住小箱子，再裹住自己。过了好一会儿他才发觉自己正在心里重复着古诗琴演奏的那首歌里不连贯的诗句。被大雨一激，他大声唱了起来，并且凭着记忆唱完了那首歌。在工匠作坊区，他在一座修道院那里向左拐去，嘴里仍唱着歌，敲响了阿布雷农肖的大门。

好半天没人应声，之后才听见一瘸一拐的脚步声，一个半睡半醒的声音问道：

“谁呀？”

“公家人。”德劳拉说。

这是他不想喊出自己的名字时唯一能想到的说法。阿布雷农肖打开大门的时候真的以为来的是政府的人，一下子没认出他来。“我是本教区的图书管理员。”德劳拉对他说。医生把他让进昏暗的门厅，又帮他脱下湿漉漉的斗篷。照着习惯，医生用拉丁语问他：

“请问您是在哪一场战斗中失去那只眼睛的？”

德劳拉用他那一口古典拉丁语给他讲了日食那天的倒霉事，又细细说明这种伤害一时半会儿还消不下去，尽管主教的医生打包票说戴上这个眼罩就没什么问题了。可是，阿布雷农肖的注意力全在他那一口纯正的拉丁语上。

“说得太棒了，”他颇为惊讶，“请问府上是？”

“我是阿维拉人。”德劳拉回答道。

“那就更值得赞赏了。”阿布雷农肖说。

他让德劳拉脱下长袍和草鞋，放在一旁晾一晾，还用自己那件自由人的斗篷裹住他的长袜，接着又替他摘下眼罩，扔进了垃圾箱，说：“要说这只眼睛有什么毛病，那就是它看见了许多不该看见的东西。”德劳拉被客厅里堆了一地的浩繁书卷吸引住了，阿布雷农肖注意到了这一点，便把他领到了药房，那里有更多的书卷，放在直抵天花板的书架上。

“圣灵啊！”德劳拉失声叫道，“这简直就是彼特拉克的图书馆呀。”

“比他还多两百来本书呢。”阿布雷农肖告诉他。

他让德劳拉随意翻阅。这里有一些孤本书，在西班牙拥有这些书是要坐牢的。德劳拉认出了这些书，神往地翻了翻，把它们再放回书架上时心中惋惜不已。在最明显的位置，同那本永远的

《赫伦迪奥教士》放在一起的是法语版伏尔泰全集和一本翻译成拉丁语的《哲学通信》。

“翻译成拉丁语的伏尔泰，这简直是异教。”他开玩笑说。

阿布雷农肖告诉他，这是科英布拉的一位僧侣翻译的，他很乐于做一些怪书，供朝圣者消遣之用。德劳拉正翻看这本书，医生问他懂不懂法语。

“我不会讲，但能阅读。”德劳拉用拉丁文回答，然后又加了一句，丝毫没有假装客气：“此外，我还会希腊语、英语、意大利语和葡萄牙语，德语我也懂一点。”

“我问您这话是因为您刚才提到了伏尔泰，”阿布雷农肖说，“他的散文简直无可挑剔。”

“也最让我们心痛，”德劳拉说，“真遗憾，这些是由一个法国人写的。”

“您这么说是因为您是西班牙人。”阿布雷农肖说道。

“到了我这个岁数，又经历了这么多的血统混杂，我已经不能准确地知道我是什么地方的人了，”德劳拉答道，“也不知道我是谁。”

“在这边的国度里，谁都不知道，”阿布雷农肖说，“我觉得大家也许要花上几个世纪的时间才能弄清楚这一点。”

德劳拉一边说话一边继续在这个书库里徜徉。突然，就像往常很多时候一样，他记起了他十二岁时被神学院院长没收的那本书，他只记得其中的一个情节，有生之年，只要碰见有可能帮到他的人，他就会对他们重复一遍那个情节。

“您记得那本书的名字吗？”阿布雷农肖问道。

“从来都不知道，”德劳拉说，“只要能让我知道那本书的结局，叫我拿什么换都可以。”

医生一句话没说，把一本书放在了他面前，他一眼就认了出来。这是塞维利亚古版的《四卷本高卢的阿玛迪斯》。德劳拉颤抖着翻了翻，明白了自己差一点就堕入了万劫不复的深渊。最后，他鼓起勇气问道：

“您了解这是一本禁书吗？”

“就像了解几百年来最优秀的小说一样，”阿布雷农肖说道，“现在已经不印这样的书了，取而代之的是一些给有学问的人看的专著。那么今天的穷人呢，他们如果不偷偷地看这些骑士小说，还有什么好看的呢？”

“还是有书可看的，”德劳拉说，“初版《堂吉诃德》在开印当年就有一百本在这里被争相阅读。”

“争相阅读谈不上，”阿布雷农肖说，“只是通过了海关，传到了这边各个地区而已。”

德劳拉没去理会他，因为他终于弄清楚了就是这本珍贵的《高卢的阿玛迪斯》。

“这本书九年前从我们图书馆的保密书架上丢失了，我们一直没能找到它的踪影。”他说。

“这我可以想象，”阿布雷农肖说道，“但是，它被当作一本具有历史意义的书，还有一些别的原因：它曾在一年多的时间里被至少十一个人传读，其中至少有三人死亡。我敢肯定他们的死必有奥秘。”

“我有责任向宗教法庭告发你。”德劳拉说。

阿布雷农肖把这当成一句玩笑话：

“我说了什么大逆不道的话吗？”

“我这么说是因为您这儿有一本外面传来的禁书，而您却没有上报。”

“何止这一本，那儿还有好多呢。”说着，阿布雷农肖伸出食指，向着一排排满满当当的书架画了一个大大的圈。“可如果真的是因为这件事的话，您恐怕早就来了，而我也就不会为您打开大门了。”他转过身面对着德劳拉，非常愉快地总结道：“从另一方面说，我很高兴您现在来了，能在这里接待您，我深感荣幸。”

“侯爵为她女儿的命运万分担心，是他建议我到您这儿来的。”德劳拉说。

阿布雷农肖让他在自己对面坐下，两个人畅谈起来，这时，一阵可怖的风暴正席卷海面。医生旁征博引，谈到狂犬病自人类起始以来的历史，谈到这种病肆无忌惮的破坏力，以及千百年来医学在防治方面的无能为力。他列举了种种令人惋惜的例子，说明人们如何总是把这种病同魔鬼附体混为一谈，对待其他的一些疯症和精神失常之疾也是如此。至于谢尔娃·玛利亚，阿布雷农肖总结道，这么多个礼拜过去了，看起来她不大可能染上这种病。对她来说，眼下唯一的危险，是她会像从前许多人一样，死于驱魔用的残忍手段。

在德劳拉听来，这最后一句话不过是中世纪医学特有的一种夸大其词，但他没有争辩，因为这与他从神学出发得出的主张甚是相符，即，女孩并没有被魔鬼附体。他说，谢尔娃·玛利亚会讲的那三种非洲语言，虽说和西班牙语、葡萄牙语毫无共同之处，但也并非如修道院里说的那样，是什么撒旦在操纵。有不少证据显示她的力气大得惊人，但没有一条能证明那是一种超自然的力量。也没有什么能证明她曾升空或预测未来——事实上，这两种现象亦可作为成圣的辅助证明。然而，当德劳拉试图从一些杰出教友和别的一些团体那儿得到支持时，谁都不敢站出来对修道院的记录和民间的传言提出质疑。他也清楚地知道，不管是他的还是阿布雷农肖的观点，都不足以说服任何人，而要是他们俩联手，情况会更糟。

“那将意味着您和我要对付所有人。”他说。

“正因为如此，您到我这里来，我有些吃惊，”阿布雷农肖说，“我只不过是宗教法庭围猎场里一只令人垂涎已久的猎物。”

“老实说，我也不知道我为什么来这里，”德劳拉说，“除非那个女孩是圣灵派来考验我的信仰是否坚定的。”

这句话一出口，他就觉得折磨着自己的那个困惑的死结解开了。阿布雷农肖紧盯住他的眼睛，一直看到他的灵魂深处，他看出来，这人马上就要哭出声来了。

“不要这样平白无故地折磨自己，”他用抚慰的语气说，“说不定您来这里只是因为需要找个人说说她的事情。”

德劳拉觉得自己没了遮拦，浑身赤裸。他站起身来，寻找着大门的方向，但他并没能立刻逃走，因为衣服还没有穿好。阿布雷农肖帮他把湿漉漉的外衣穿上，一面想留他再聊一会儿。“和您聊天，我能就这么一刻不停地聊到下个世纪。”他对德劳拉说。为了留住他，医生拿出一小瓶透明洗眼水，说能治好他看日食留下的伤。他还把德劳拉从门口叫回来去拿他落在屋里的小箱子。可德劳拉就像被什么致命的痛苦折磨着一样。他对阿布雷农肖这个下午的接待、对他提供的医疗帮助、对洗眼水表示感谢，可他最后只勉强答应了改天再来多待点儿时间。

他禁不住想尽快见到谢尔娃·玛利亚。他已走到门口，却尚未发现天已经黑了。雨停了，可暴雨过后，下水道泛滥成灾，德劳拉蹚着齐脚踝的雨水，疾步走向街道中部。快到宵禁时间了，修道院的守门人想拦住他，他一把把她推开：

“奉主教大人之命。”

谢尔娃·玛利亚从梦中惊醒，黑暗中没认出他来。德劳拉不知该如何解释为何在如此蹊跷的时间来到这里，便随便找了个借口：

“你父亲想见你。”

女孩认出了那口小箱子，怒火一下子冲上了她的脸颊。

“可我不想见他。”她说。

德劳拉不知所措，问她为什么。

“因为不想，”她说，“我宁愿去死。”

德劳拉想松开她那只健康的脚踝上的皮带，以为她会很乐意。

“放手，”她说道，“不许碰我。”

德劳拉没有理会她的话，女孩一口唾沫吐在他脸上。他镇定自若，只是把另一边脸转向了她。谢尔娃·玛利亚又朝他吐了口唾沫。他又换了一边脸，一股被压抑的快感自他的五脏六腑升腾而起，使他不禁飘飘然。他闭上双眼，心中暗暗祈祷着，而女孩则一口接一口地不断朝他吐唾沫，她吐得越凶，他就越享受，直到女孩明白，她的怒火毫无用处。德劳拉这才见识了一个真正的中邪者的疯狂表演。谢尔娃·玛利亚的长发突然像活了一样竖立起来，简直和美杜莎头上的蛇一样，嘴里冒出绿色的口水，喷出一连串用偶像崇拜者的各种语言骂出的脏话。德劳拉举起十字架，放到女孩嘴边，惊恐地吼道：

“不管你是谁，快从这里滚开，你这地狱里的畜生。”

他的吼声激起了女孩的尖叫，她仿佛马上就要把皮带扣挣断。女看守被吓得面无人色，冲了进来，想制服她，但最后还是马尔蒂娜用她那一套完美手段制服了女孩。德劳拉仓皇逃走了。

晚餐时间德劳拉没来给他读书，主教心中惴惴不安。德劳拉发觉自己最近飘浮在一朵自己的云彩上，除了被魔鬼拖下地狱的谢尔娃·玛利亚的恐怖形象，这世或者来世的其他任何事物对他来说都毫无意义。他躲进图书馆，却看不进去书；他心不在焉地做祷告，并唱起了那把古诗琴演奏过的歌曲，他哭了，眼泪就像滚烫的油滴，使他五内俱焚。他打开谢尔娃·玛利亚的小箱子，把里面的东西一件一件地放在桌上。他挨个辨认，带着肉体的贪婪嗅闻它们，抚爱它们，用淫秽的六韵步诗对它们说话，直到自己再也无法忍受。于是，他脱光衣服，从工作台的抽屉里取出那把平日里碰都不敢碰的铁戒尺，满腔仇恨地抽打起自己来，狠了心地要把谢尔娃·玛利亚的影子从他的身体里彻底赶出去。主教心里一直牵挂着他，看见他的时候，他正在一摊鲜血和眼泪中打滚。

“是魔鬼，我的神父，”德劳拉对主教说，“是最可怕的那种魔鬼。”

五

主教传召德劳拉去他的办公室，听他一五一十、不加修饰地忏悔，主教脸上没有一丝笑容，他心中清楚，他主持的不是一项圣礼，而是一场司法审讯。在德劳拉这件事上，他唯一的仁慈之举就是对他真正的罪孽保守秘密，但是，在没有做出任何公开解释的情况下，他剥夺了他的尊贵身份和各项特权，并把他派到圣爱医院去护理那些麻风病人。作为安慰，德劳拉请求主教准许他为麻风病人主持五点钟的弥撒，主教答应了。他感到莫大的解脱，跪了下来，他们一起向天主做了祷告。主教为他祈过福，把他扶了起来。

“愿上帝怜悯你。”主教对他说完这句话，便将他从心头一笔抹去。

就在卡耶塔诺开始履行对他的判决之后，教区里各路头面人物纷纷替他说情，可是主教不为所动。他拒不接受那种理论，说什么驱魔师到头来反而被他们想要驱除的魔鬼附了体。他的最终说法是，德劳拉没有限制自己只用基督不容争议的权威去对付那些魔鬼，而是自负地和他们讨论起信仰的问题。正是这一点，主教说，使他的灵魂遇到麻烦，把他推到了异教的边缘。然而，人们更感到惊奇了：作为主教十分信得过的人，犯下这么一点过失，充其量也就是点几根绿蜡烛忏悔忏悔，主教怎么会表现得如此严厉。

马尔蒂娜带着一种堪为众人表率的虔诚负起了对谢尔娃·玛利亚的责任。她因请求赦免遭到拒绝而痛苦不堪，但女孩一直没有察觉，直到有天下午，在露台上做刺绣活的时候，女孩一抬眼，看见她泪流满面。马尔蒂娜没有掩饰自己的绝望：

“像这样被关在这里一点一点地死去，我还不如干干脆脆地死了算了。”

如今她唯一的愿望，她说，就是弄清楚谢尔娃·玛利亚是怎么同她的那些魔鬼打交道的。她想知道他们都是谁，长什么样，怎么和他们周旋。女孩一气儿给她说出了六个，马尔蒂娜认定其中一个是非洲魔鬼，有一次他曾把她父母的家搅得鸡犬不宁。一个新的幻想使她精神一振。

“我想同他谈谈，”马尔蒂娜说，接着又把话说得更直截了当：“我拿我的灵魂做交换。”

谢尔娃·玛利亚狡猾地开心一笑。“他不会讲话，”她说，“你只要看着他的脸，就知道他讲什么了。”她又一本正经地答应马尔蒂娜，等下次他来访时一定通知她和这魔鬼见上一面。

卡耶塔诺低三下四地忍受着医院里糟得不能再糟的条件。等死的麻风病人睡在棕榈叶窝棚的泥地上。许多人除了在地上爬来爬去之外什么都做不了。每个礼拜二是集体治疗日，也是最令人吃不消的日子。为了赎罪，卡耶塔诺承担的任务是在马厩的木槽里给那些最严重的病人洗澡。第一个礼拜二，他正在干这样的活——他身为教士的尊严简化为身上的一件粗布护士长袍，这时阿布雷农肖骑着侯爵送给他的那匹枣红马出现了。

“您那只眼睛怎么样了？”他问德劳拉。

卡耶塔诺没给来访者机会谈论他的不幸，或是对他的状况表示同情，他感谢阿布雷农肖给他的洗眼水，那东西确实把日食在他视网膜上留下的痕迹消掉了。

“您不用感谢我，”阿布雷农肖对他说，“我给您的是我们所知治疗太阳灼伤最好的药：几滴雨水而已。”

他邀请德劳拉去他那里做客。德劳拉对他解释说，未经准许他是不能出这个大门的。阿布雷农肖不以为然。“如果您了解我们这些地方的弱点的话，您就会知道，在这里没有任何一条法律是能被实施三天以上的。”他说。他告诉德劳拉他的书库随时为他敞开大门，这样他就可以在受罚期间继续他的研究。卡耶塔诺饶有兴趣地听着他的话，心中却没抱任何幻想。

“我把这个谜团给您留下了，”说完，阿布雷农肖用马刺踢了一下马，“没有哪个神能创造出一个像您这样才智非凡的人，然后又将其浪费在替麻风病人搓澡这件事上。”

接下来的那个礼拜二，他给德劳拉带来一件礼物，就是那本拉丁文版《哲学通信》。卡耶塔诺翻了翻，打开闻了闻，算了算这书的价值。他越是看重这书，就越觉得无法理解阿布雷农肖的做法。

“我想知道您对我这么好是为了什么。”他对阿布雷农肖说。

“因为我们这些不信神的人没有教士相伴就活不下去，”阿布雷农肖说，“病人托付给我们的是他们的身体，而不是他们的灵魂，而我们就像魔鬼一样，要从上帝那儿把他们的灵魂夺过来。”

“这可不太符合您的信仰。”卡耶塔诺说。

“连我自己都不知道我的信仰是什么。”阿布雷农肖说道。

“宗教法庭知道。”卡耶塔诺说。

出人意料的是，这句尖酸刻薄的话一下子使阿布雷农肖兴奋起来。“上我家去吧，咱们可以慢慢讨论，”他说，“我一晚上最多能睡两个钟头的觉，还总是断断续续的，所以你什么时候来都行。”他用马刺刺了一下马，走了。

很快，卡耶塔诺就明白了一个道理：一旦失势，那就是一落千丈。从前他受宠的时候追随在他身边的那些人现在都对他避之唯恐不及，仿佛他也是一个麻风病人，他在世俗圈子里的文艺界朋友也因为不想同宗教法庭有什么瓜葛而躲得远远的。可是，对他来说这都无所谓。他的全部心思都在谢尔娃·玛利亚身上，即便如此也还嫌不够。他坚信，无论海洋还是高山，无论人间还是天国的法律，乃至地狱里的权势，都无法把他们分开。

一天夜里，他突然心血来潮，从医院逃了出去，他想偷偷钻进修道院里去，无论用什么办法都行。修道院有四道门，大门是旋转门，靠海的那一边还有一扇同样大小的门，另外两扇小门是供奴仆们进出用的。想从两道大门通过是不可能的。从海滩上朝牢房楼看过去，卡耶塔诺没费多少工夫就找见了谢尔娃·玛利亚的窗户，因为唯有这扇窗子没有封死。他从街道上一点一点地打量这座楼，却还是一筹莫展，因为连一条能爬上去的小缝都没有。

就在他打算放弃的时候，他突然想起来，在那次“停止一切圣事”[1]的围困期间，居民们是通过一条地道给修道院里送给养的。在那个年代，不管是兵营还是修道院，都很流行挖地道。城里广为人知的不下六条，还有另外几条随着年岁推移陆续被发现，且每条地道都富有传奇色彩。一个当过掘墓人的麻风病人向卡耶塔诺指明了他要找的那条：一条废弃了的下水道，连接修道院和它旁边的一块空地，那个地方在上个世纪是为最早的一批克拉拉会修女做墓地用的。出口就在牢房楼下，面对着一堵粗石垒成的高墙，看上去难以逾越。然而，卡耶塔诺在失败了很多次之后，终于爬了上去，他心中有数：凭借祈祷的力量，什么事情都办得到。

午夜过后，那座楼静悄悄的。他知道女看守睡在外面，他只须提防马尔蒂娜·拉波尔德就可以了，那女人的牢门虚掩着，鼾声阵阵。直到此时，他的心因为紧张的冒险一直悬在半空，但一走到牢房门口，看见门环上的锁开着，他的心就像要跳出来一样。他用指尖推开了门，随着铰链吱吱作响，他觉得自己的生命静止了，他看见了在圣灯的亮光里睡着的谢尔娃·玛利亚。突然，女孩睁开了双眼，可是因为他穿着一件麻风病院的护士长袍，女孩花了

①原文为拉丁语。

好大工夫才认出他来。他把血淋淋的指甲伸到女孩眼前：

"我是爬墙上来的。"他压低嗓音对她说。

谢尔娃·玛利亚无动于衷。

"您这是为了什么呢？"女孩问。

"为了见你。"他说。

他两手发抖，嗓音嘶哑，恍恍惚惚的，不知再说点儿什么好。

"您走吧。"谢尔娃·玛利亚说道。

他怕自己的嗓音会辜负自己，便拼命摇头。"您走吧，"女孩又说了一遍，"不然我就要叫人了。"这时，他已离女孩如此之近，都能感觉到她处女的呼吸。

"就算杀了我，我也不会走的。"说完他突然觉得自己无所畏惧起来，随即用坚定的口气加了一句："你想叫就叫吧。"

女孩紧紧咬住自己的嘴唇。卡耶塔诺在床边坐了下来，详细地给她讲述了自己受罚的事情，只是没告诉她是因为什么受的罚。他说出来的和没说出来的女孩都听懂了。她看着他，目光里不再有怀疑，又问他眼睛上怎么不戴眼罩了。

"我已经不需要戴它了。"他受到了鼓励，说道，"现在只要一闭上眼睛，我就能看见一头长发，像一条金色的河流。"

两个小时后，他开开心心地离开了，因为女孩答应他，只要从外面给她带些心爱的甜点，就可以再来看她。第二天夜里他早早就到了，修道院里还有人没有睡觉，女孩正在灯下赶着把马尔蒂娜交给她的那点刺绣活做完。第三天夜里，他带去了灯芯和灯油，给那盏油灯添上。第四夜是个礼拜六，他花了好几个小时帮她捉在这间牢房里又卷土重来的虱子。当女孩的长发最终干干净净、梳得整整齐齐的时候，他又一次感受到一种诱惑，冰冷的汗水又流了下来。他在谢尔娃·玛利亚身边躺了下来，呼吸也变得不均匀，女孩那双清澈透亮的眼睛离他的眼睛只有咫尺之遥。一时间两个人都有点不知所措。他心中害怕，祷告起来，仍没有移开目光。女孩则鼓起勇气开口说了话：

“您多大岁数了？”

“三月份刚满三十六岁。”他回答道。

女孩仔细打量了他一番。

“那您已经是个小老头了。”她的话里有一点嘲弄的意味。她盯着他额头上的皱纹，用她这个年纪的女孩全部的无情又加上一句：“一个满脸皱纹的小老头。”他听了倒很开心。谢尔娃·玛利亚又问他为什么长了一绺白头发。

“那是个记号。”他回答说。

“是人为的吗？”她又问道。

“天生的，”他说，“我母亲当年也有这么一绺白头发。”

他的目光一直没有离开过她的眼睛，她也丝毫没有躲闪的意思。他深深叹了口气，念出一句诗来：

“哦，甜蜜的爱人，我生不逢时。”

女孩没听懂。

“这是我曾祖母的爷爷的一句诗，”他向女孩解释道，“他一共写了三首牧歌、两首挽歌、五首歌词和四十首十四行诗。大多数都是写给一位才貌平平的葡萄牙女士的，而这位女士从来都没有属于过他，一是因为他自己已经结婚了，二是因为她也嫁给了另一个男人，而且死得比他早。”

“他也是一个教士吗？”

“他是当兵的。”他答道。

谢尔娃·玛利亚的心被什么触动了，她想再听一遍那句诗。他重复了一遍，这一次他一直念了下去，语气热烈，抑扬顿挫，直到念完了那四十首十四行诗的最后一首，那是爱情和武艺之骑士堂加尔西拉索·德拉维加留下的诗句，血气方刚的他在一场战斗中被石头砸死了。

念完诗，卡耶塔诺抓住谢尔娃·玛利亚的一只手，把它放在自己胸口。她感觉到了他胸膛里狂风暴雨般的轰鸣。

“我总是这样。”他说。

他没有再让自己陷入恐惧之中，而是从那种令他活不下去的混沌状态中脱身而出。他向女孩坦承自己无时无刻不在想念她，不管吃什么喝什么，都能尝出她的味道；无论何时何地，她就是他的生命，一如只有上帝才有这样的资格和能力；在她身旁死去将是他的心所能获得的最大快乐。他没有看她，一直往下讲，像他刚才朗诵诗歌一样酣畅淋漓，直到他以为谢尔娃·玛利亚已经睡着了。可她一直醒着，像一只受惊的小鹿似的目不转睛地盯着他。她差一点就没敢问出来：

“那现在呢？”

“现在好了，”他答道，“你知道我的心思，对我来说就足够了。”

寂静中，他泣不成声，把手臂滑到她头下给她当枕头，而她在他的身边蜷成一团。他们就这样躺着，不睡觉也不再说话，直到鸡打起鸣来。他必须赶回去准时参加五点钟的弥撒。他走之前，谢尔娃·玛利亚把那条宝贵的奥杜瓦项链送给了他：那是一条十八西班牙寸长的项链，是用珍珠母贝和珊瑚串成的。

内心的恐惧已被渴望代替。德劳拉再也无法平静，他做起事来随随便便、心不在焉，直到那个幸福时刻降临：逃出医院去见谢尔娃·玛利亚。他每次赶到牢房时都气喘吁吁的，浑身被绵绵不绝的雨浇得精湿，而她每次也都是焦急地等待着他，只有看见他的微笑她才能安下心来。一天夜里，女孩主动念起了那些诗句，听了这么多遍她早已烂熟于胸。“当我停下来凝视自己，回望那条你带我走过的路时——”她背诵道，随后又淘气地问道：

“接下来呢？”

“我到达了我的终点，因为我已义无反顾地投身于那个毁灭我、终结我的人。”他接了下去。

她用同样温柔的语气重复着这些诗句，他们就这样一会儿从这一句跳到另一句，一会儿又一起把那些十四行诗改得面目全非，随心所欲地拿一句句的诗做起游戏，自如得就像他们是这些诗句的作者一样。最后，他们困倦得睡着了。五点钟的时候鸡叫了，女看守进来送早饭，两个人才惊醒过来。他们的生命在这一刻停止了。女看守把早饭放在桌上，举着灯在房间里例行巡视了一番，居然没看见卡耶塔诺也躺在床上，就又走了出去。

“路西法真是个怪物，”卡耶塔诺惊魂稍定，便开起了玩笑，“他把我也变成了隐形人。”

那一天，谢尔娃·玛利亚不得不变得十分机警，为的是不让女看守再到这间牢房里来。夜深了，经过一整天的嬉戏，他们觉得仿佛自己一直都这样彼此相爱。卡耶塔诺半是戏耍半是当真，壮着胆解开了谢尔娃·玛利亚胸衣的带子。她用双手护住胸口，眼里闪过一丝恼意，额上泛起一道红晕。卡耶塔诺用大拇指和食指捏住她的双手，就像捏着一块烧红的炭，把它们从她的胸前移开。她试图反抗，可他用一种温柔却又坚决的力量阻止了她。

“跟我一起读，”他对她说，“最终我来到了你的手中。”

她顺从了。“我知道自己将在这里死去。”他接着背诵下去，一面用冰冷的手指解开了她的胸衣。她用几乎听不见的声音重复着那些诗句，害怕得浑身发抖：“利剑在降服之躯上能砍多深，尽管来吧，唯我的身躯可供试验。”就在这时，他第一次吻了她的双唇。谢尔娃·玛利亚的身体伴着呻吟颤抖起来，飘散出一丝纤弱的海风，接着就听由命运摆布了。他的指尖掠过她的皮肤，几乎没有触碰到她，他第一次体验到，自己在另一具躯体里，这种感受是何等美妙。他的身体里有个声音告诉他，在那些苦读拉丁文和希腊文的不眠之夜，在深深痴迷于自己的信仰的时候，在禁欲苦修的荒野上，他曾经离魔鬼那么远，而她，却在奴隶们的棚屋里同奔放爱情的全部力量相伴而生。他依从着女孩的指引，在黑暗中试探着，摸索着，可就在最后一刻，他后悔了，在一场道德灾变中坠入深渊。他仰面躺下，两眼紧闭。谢尔娃·玛利亚被他的静默和他死一般的沉寂吓住了，用手指碰了碰他。

“您这是怎么了？”她问道。

“这会儿先别理我，”他喃喃低语，“我正在祷告。”

在接下来的日子里，他们只有在一起的时候才能获得片刻的平静。他们不知疲倦地互相诉说爱恋之苦，忘情地接吻，流着热泪诵读情诗，依偎在对方的耳畔唱歌，在欲望的泥塘里尽情翻滚，直至精疲力竭，却都保持着童贞。因为他已决定坚守自己的誓愿，直到接受圣礼的那一天，她也同意了。

在激情稍退的间隙，他们互相做了一些很过头的爱的测验。他对她说，为了她，他可以做任何事情。谢尔娃·玛利亚带着孩子气的残忍让他为自己把一只蟑螂吃下去。她没来得及拦住他，他就捉住了一只，活生生吞了下去。在另一次癫狂的挑战中，他问她能不能为自己把辫子剪掉，她说可以，但随即像是开玩笑又像是一本正经地警告他说，这样一来他就必须娶她为妻，以履行先前的那个誓愿。他把一把菜刀带进牢房，对她说：“让我们看看是不是真的。”她转过身去，好让他能齐根剪掉，嘴里还催促着：“胆子大点儿。”他没敢去剪。几天后，她问他会不会像一只山羊那样任人割断喉咙。他满口答应了。于是她掏出一把刀子打算试一试。他吓得浑身冒冷汗，赶紧闪开，嘴里连声说道：“你不能试，你不能试。”女孩笑得死去活来，想知道为什么，他说了实话：

“因为你真的做得出来。”

当激情渐趋平缓，他们也开始体验日常爱情的琐碎平淡。她把牢房收拾得干干净净、整整齐齐的，像等待着丈夫一身轻松地回家一样期盼着他的到来。卡耶塔诺教她看书写字，带她欣赏诗歌、崇信圣灵，盼望着那幸福的一天：他们获得自由，结为夫妻。

四月二十七号那天清晨，卡耶塔诺离开牢房后，谢尔娃·玛利亚刚要入睡，一伙人没有任何预告就闯了进来，驱魔开始了。那分明是对一个被判处死刑的囚犯进行的仪式。他们把她拖到牲口圈的饮水槽那里，往她身上浇了好几桶水，扯下了她的那些项链，给她套上一身异教徒的粗布袍子。一个管理花园的修女用一把修剪树枝的大铁剪咔嚓四下就把她的一头长发齐后脑勺剪断，扔进了院子里熊熊燃烧的火堆。负责剪头发的修女又把剩下的头发剪得只剩半西班牙寸长，那是克拉拉会修女们包在头巾下的发型，一边剪一边往火堆里扔。谢尔娃·玛利亚看见火堆里迸射出金色的火焰，听见原木燃烧时噼啪作响，闻到一股烧焦的牛角的臭味，她那木雕石刻一般的面孔上肌肉纹丝不动。最后，他们给她穿上一件束缚衣，又给她蒙上一块死人用的盖布，两个奴隶用一副军用担架把她抬进了小礼拜堂。

在此之前主教召集了教士会议，由一群最杰出的领俸教士组成，他们从中选出了四个人，陪同主教参加谢尔娃·玛利亚的驱魔仪式。在最终确定此事的会议上，主教从病痛中振作起来，做出安排：这次的仪式将不像其他一些值得纪念的典礼那样，在大教堂里举行，而要在圣克拉拉修道院的小礼拜堂举行，而且他本人将亲自主持这次驱魔活动。

晨祷还没开始，修女们就在院长带领下齐集唱诗班，并在管风琴的伴奏下做了祷告，庄严的一天就要开始了，她们激动不已。随后进来的是教士会议的几位高级神职人员、三家教会的首脑人物和宗教法庭的长官。除了最后提到的这几位，没有也不会有其他的世俗人士出席。

主教最后一个到场，他身着参加盛大仪式的华服，坐着由四名奴隶抬着的轿子，笼罩在一种无法劝慰的忧伤氛围里。他面对主祭台，在通常举行盛大葬礼时才用得着的大理石灵柩台旁坐了下来，为了便于挪动身体，他坐在一把高背转椅上。六点整，两个奴隶用担架把谢尔娃·玛利亚抬了进来，她穿着束缚衣，身上仍盖着那块深紫色的布。

唱弥撒的时候酷热难当。管风琴的低音在天花板上回响，几乎没有给躲在唱诗班格子窗后面的修女们乏味的声音留下一丝空隙。赤裸着上身的两名奴隶用担架把谢尔娃·玛利亚抬进来后，站在她的两旁当起了看守。弥撒结束的时候，他们揭开了盖在她身上的布，把她放在了大理石灵柩台上，仿佛她是位死去的公主。主教的奴隶们把主教连同转椅一起抬到她的身边，然后离去，主祭台前宽阔的空间里只剩他们两人。

接下来的紧张气氛令人难以忍受，一片死寂仿佛预示着有什么奇迹要从天而降。一位辅祭把装着圣水的小桶放在了主教手边。主教抓起圣水撣子，就像抓住一柄作战用的大锤，朝谢尔娃·玛利亚俯下身去，向她全身洒满圣水，嘴里念念有词。突然，他大声喊出一句咒语，整个小礼拜堂的地基都为之震动。

“不管你是谁，”主教高声叫道，“以基督和过去、现在、未来可见与不可见之万物之主上帝的名义，我命令你离开这具经过洗礼得到救赎的躯体，回到黑暗中去。”

惊恐万状的谢尔娃·玛利亚也开始高声叫喊。主教抬高嗓音想盖过她的叫声，可她叫得更凶了。主教深深吸了口气，张开嘴巴，打算接着念出咒语，可那口气卡在了胸膛里没能吐出来。主教脸朝下栽倒在地，像一条被钓上岸的鱼似的喘着气，仪式在一片混乱中结束了。

那天夜里，卡耶塔诺见到谢尔娃·玛利亚的时候，她正在柬缚衣里发着高烧，浑身发抖。最使他气愤的是她被剪去头发所受的侮辱。“天主啊，”他一面压抑着自己的怒火，一面给她松开皮带，“您怎么能允许他们犯下这样的罪行。”刚一解脱，谢尔娃·玛利亚就扑上来一把搂住了卡耶塔诺的脖子，两个人相拥着一言不发，女孩还在抽泣。等她稍稍平静下来，他抬起她的脸，对她说：“不要再流泪。”随后配上了一句加尔西拉索的诗：

“我为你流的泪足矣。”

谢尔娃·玛利亚讲述了她在小礼拜堂里的可怕经历。她对他讲起唱诗班如打仗般的喧闹声，讲起主教幻觉般的喊叫声，讲起他那炽热的气息和他那双被激情点燃的美丽的绿眼睛。

“他就像魔鬼一样。”她说。

卡耶塔诺竭力想让她安静下来。他对她说，主教尽管身躯庞大，声如雷鸣，手段严酷，可他是个好人，也是位智者。因此，谢尔娃·玛利亚的害怕可以理解，但她并没有身处危险之中。

“我现在只想死。”她说。

“你感到愤怒、失败，我也是，因为我没法帮你，”他说，“可到了复活的那一天，上帝一定会补偿我们的。”

他看见谢尔娃·玛利亚脖子上一根项链都没有了，便解下她送给他的那串奥杜瓦项链，给她戴上。他们紧挨着躺在床上，互相诉说心中的愤恨，世界慢慢静了下来，只有天花板上的白蚁在窸窣作响。女孩的烧退了。黑暗中，卡耶塔诺开了口。

“《默示录》里有一个预言，说是有那么一天，黎明永远不会到来，”他说，“但愿上帝说的就是今天。”

卡耶塔诺离开之后，谢尔娃·玛利亚才睡了差不多一个小时，就被一种新的声音惊醒了。一位老祭司由院长陪同，站在她面前。他身材高大，皮肤被硝石熏得黝黑，头发像竖立的鬃毛，眉毛粗重，双手粗糙，眼睛里透着可以信赖的神情。不等谢尔娃·玛利亚完全醒来，他就用约鲁巴语对她说道：

“我把你的项链都带来了。”

他从口袋里掏出项链，这是在他一再要求之下修道院的女管家还给他的。他一边把项链戴在谢尔娃·玛利亚的脖子上，一边用好几种非洲语言逐条说明它们的含义：红白相间的代表了羌格的爱和鲜血，红色和黑色的是爱勒瓜的生命与死亡，而七颗念珠则象征着叶玛雅的水和淡蓝色。他自如地从约鲁巴语转到刚果语，又从刚果语转到曼丁加语，而她则优雅流利地附和着。最后他转而讲起西班牙语，那也仅仅是因为有院长站在一旁。院长说什么也不敢相信，谢尔娃·玛利亚居然有如此温顺的一面。

这是托马斯·德阿基诺·德纳瓦埃斯神父，他从前在塞维利亚当过宗教法庭的检察官，现在是奴隶区的堂区神父，主教因身体欠佳选中他来接替自己进行驱魔活动。从他的履历看，他是个不容置疑的强硬派，曾经把十一个异教徒送上火刑架，当中有犹太人也有穆斯林。然而，他的威望主要来自他曾经将无数灵魂从安达卢西亚最难对付的魔鬼手中解救了出来。他品位高尚，举止文雅，说起话来有一种加那利群岛居民的甜甜的口音。他是在这边出生的，父亲是国王的一名议院代表，娶了自己的一个有四分之一黑人血统的女奴为妻。在证明了祖上四代白人的血统之后，他在本地的神学院度过了见习期。他成绩优异，在塞维利亚获得了博士学位，五十岁以前一直在那里生活、传教。回到出生地后，他要求到最贫穷的堂区去，他对非洲的宗教和语言有着极大的热情，就像奴隶群里的又一个奴隶。说到和谢尔娃·玛利亚沟通，合情合理地对付她身上的魔鬼，再没有比他更合适的人选了。

谢尔娃·玛利亚立刻就把他当成了救命天使，她也确实没有弄错。他当着她的面逐条批驳了记录簿上的论据，并向院长证明里面没有一条是站得住脚的。他对院长说，美洲的魔鬼和欧洲的魔鬼其实都一样，只不过他们的叫法和行事方法有所不同。他向院长解释说，要认清是不是魔鬼附体有四条适用原则，又指出，魔鬼也很容易利用这四条原则来使人们得出错误的结论。和谢尔娃·玛利亚告别时，他亲切地捏了捏她的脸颊。

“放心睡吧，”他对她说，“我遇见过的魔鬼比这厉害多了。”

院长心情极好，邀请他去品尝她们修道院名声远扬、香甜可口的巧克力，还有专为尊贵客人烘制的茴芹饼干和妙不可言的甜点。在院长的私人餐厅里喝着巧克力的时候，他就接下来的几步程序做了指示，院长满心欢喜，一一遵从。

“这个可怜的女孩最后是好是坏，对我没有任何意义，”院长说，“我只恳求上帝让她赶紧离开这座修道院。”

神父答应她用最快的速度，多则几天，少则几个小时，把这件事情办好。在会见室告别的时候，两个人都高高兴兴的，谁也没有想到，他们此后再也不会见面了。

事实如此。阿基诺神父——他堂区里的教民都是这样称呼他的——徒步朝他的教堂走去，因为一段时间以来，他很少祷告，每天用乡愁折磨自己作为对上帝的补偿。他在拱廊便道上停留了一会儿，卖杂货的小贩们正等待着太阳落山，好穿过港口的烂泥地，他们的叫卖声让他有些不知所措。他买了点儿最便宜的甜食，以及一张专为穷人发行的彩票，心里一如既往地在想，什么时候能中个奖，好把他那经常丢东西的教堂修理修理。地上铺着几块黄麻编织的席子，席子上陈放着些不值钱的小工艺品，几个黑人大妈如石雕般一动不动地坐在旁边，他和她们东拉西扯地聊了半个钟头。快五点钟的时候，他穿过客西马尼吊桥，那里刚吊起一条肥胖的恶犬尸体，以昭告大家这条狗死于狂犬病。空气里弥漫着玫瑰花的香气，天空无与伦比地透彻清亮。

奴隶区邻近海边的沼泽地，贫困得令人心悸。棚屋都是以土为墙，棕榈叶做屋顶，人们在那里与秃鹫和猪混杂而居，孩子们喝水都是在街边的泥塘里就地解决。然而，这里却是最快乐的街区，色彩最鲜亮，人们说话的声音也最响亮，特别是到了日落时分，人们纷纷把椅子搬到大街上乘凉的时候更是热闹。堂区神父把甜食分给了沼泽地边的孩子，给自己留下三块当晚餐。

这座教堂其实就是一所用土和藤条搭建的农舍，房顶上铺的是苦棕榈叶，屋脊上立了个木头做的十字架。长长的靠背椅是用厚厚的木板钉成的，祭坛只有一个，圣像也只有一尊，布道的讲台用木头搭建，每个礼拜天，神父就在那里用各种非洲语言讲经说法。教堂的祭坛后面伸出去一块，那就是神父的住所，居住条件简陋得不能再简陋，小房间里唯有一张吊床和一把粗木椅子而已。后面还有个小小的院落，乱石丛生，架子上的几串葡萄干瘪瘪的，一排带刺的栅栏隔开了海滨的沼泽地。院子一角有个用灰浆浇成的水池，除此之外再没有能喝水的地方了。

一个年老的教堂司事，一个十四岁的孤女，两人都是曼丁加人，皈依了天主教，他们便是教堂里和家里的助手，可念完玫瑰经之后他们也就没什么活可干了。关上大门之前，堂区神父就着一杯水吃掉了最后三块甜食，然后照惯例用西班牙语同坐在大街上的邻居们告别：

“在这神圣而美好的夜晚，愿上帝保佑你们。”

清晨四点钟，住在离教堂一个街区远的教堂司事敲响了做联合弥撒的第一阵钟声。快五点钟了，神父还不见踪影，司事便去他的房间找他。神父不在房间里。院子里也没找见。因为神父有时候会一大早就去附近的院子和人聊天，司事又到周围寻找了一番，也没找见。零零星星的几个教民到了教堂，他告诉他们，因为没找到神父，今天的弥撒不做了。八点钟，太阳已然火辣辣的，帮佣的女孩到水池边去打水，这才发现了阿基诺神父，他脸朝上漂在水池里，脚上还穿着睡觉的袜子。他凄惨的死使人们悲痛不已，同时也成了一个永远无法破解的谜，修道院院长宣布，这便是魔鬼对她的修道院心怀仇恨的有力证据。

这消息没能传进谢尔娃·玛利亚的牢房，她一直怀着一种天真的幻想期盼着阿基诺神父。她不知道怎么向卡耶塔诺解释那是个什么样的人，但因为他把项链还给了她，又答应解救她出去，她告诉卡耶塔诺自己对这位神父心存感激。在此之前，他们两人还都觉得只要拥有爱情就足以使他们幸福了。还是谢尔娃·玛利亚率先从阿基诺神父的话里受到启发，明白了要想获得自由，只能靠他们自己。一天清晨，在长时间的热吻之后，她请求德劳拉不要离她而去。他没把这话当真，又吻了她一下打算告别。女孩从床上一跃而起，张开双臂挡在了门口。

“要么您别走，要么就带我一起走。”

她有一次对卡耶塔诺说起过，真想和他一起逃到帕伦克的圣巴西里奥去躲起来，那是一个逃亡奴隶的村子，离这里只有十二西班牙里的路，那里的人一定会像迎接女王一样迎接她。卡耶塔诺觉得这主意倒不坏，可就是没把它和逃亡联系在一起。他更相信那些正式的、合法的手段，相信在确证女孩并没有被魔鬼附体之后侯爵会把她接回去，相信他自己一定能得到主教的宽恕和允准，融入世俗社会，在那种情况下，教士和修女结婚将变得司空见惯，没有人会为此大惊小怪。因此，当谢尔娃·玛利亚给他出了个到底是留下来别走还是干脆带她一起走的难题时，他想的是怎么把这个话题岔开。女孩吊在他脖子上，威胁说要大声喊叫。天快要大亮了，德劳拉惊恐不已，甩开女孩脱身出来，在晨祷开始的时刻逃走了。

谢尔娃·玛利亚的反应是变得异常疯狂。她先是为一件微不足道的小事抓破了女看守的脸，接着又插上门闩把自己锁在里面，威胁说要是不放她走就放火把这间牢房烧了，把自己烧死在里面。女看守满脸是血，气急败坏地朝她吼道：

“你敢！你这头贝耳则步的畜生。”

谢尔娃·玛利亚唯一的回应是用圣灯点燃了床垫。幸亏马尔蒂娜赶来，用上了她特有的镇静疗法，才阻止了一场悲剧的发生。不管怎么样，在这天的报告中，女看守还是恳求把女孩转移到内院更保险的牢房里去。

谢尔娃·玛利亚的渴求促使卡耶塔诺也有了这样的愿望，他需要立即找到一种逃亡以外的好法子。他两次去见侯爵，两次却都被散放在家里的几条猎犬挡住了，主人不在家。实际上，侯爵再也不会住在那里了。他已经被自己心中那无穷无尽的恐惧打倒，曾经想去杜尔丝·奥莉维亚那里寻求庇护，可她让他吃了闭门羹。从感到孤独的那一刻起，他就想尽一切办法叫她过来，可每次见到的只是嘲弄他的用纸叠成的小鸟。冷不防，在没有叫她的时候，她却不期而至。厨房因为长期闲置已经无法使用，她把它打扫干净，归置整齐，旺旺的炉火上，锅里咕嘟咕嘟冒着气泡。她穿得像过礼拜天一样，衣服上镶着花边和各种装饰，还搽了时兴的香脂，唯一能让人看出她是疯子的是那顶宽檐大草帽，上面缀了许多碎布条做成的小鱼和小鸟。

"你能来这里，我感激不尽，"侯爵对她说，"我太孤独了。"他又叹了口气，说：

"我失去了谢尔娃。"

"那是你的错，"她满不在乎地回答道，"失去她还不是你一手造成的。"

晚饭吃的是按当地方法烹制的辣椒烧肉，肉有三块，辣椒是从果园里精挑细选摘来的。杜尔丝·奥莉维亚把菜端了上来，完全是一副女主人的派头，这和她那一身华丽的装扮倒很相配。那几条凶猛的猎犬呼哧呼哧喘着粗气跟着她，在她腿边窜来窜去，而她则轻声细语地抚慰着它们。她在侯爵对面坐了下来：早就该这样了，在他们年轻的时候，在他们对爱情无惧无畏的时候。他们静悄悄地吃着饭，互不相视，一面浑身冒汗，一面像彼此漠然的老夫老妻那样喝着汤。第一道菜吃完之后，杜尔丝·奥莉维亚停下来叹了口气，生出岁月不饶人的感慨。

"我们本可以有这样的生活。"她说。

她的直率触动了侯爵。此刻在侯爵眼里，她又胖又老，嘴里掉了两颗牙，眼神也黯淡无光。他们本可以有这样的生活，或许吧，要是他当年有勇气和父亲抗争的话。

“当你脑子好使的时候，你就是这个样子。”他说。

“我一直都是这个样子，”她说道，“是你从来就没有看见过我真实的样子。”

“我是在一大群姑娘中间发现你的，那时候你们每一个人都很年轻，很漂亮，我好不容易才挑出了个最好的。”侯爵说。

“是我自己把自己挑出来送给你的，”她说，“不是你挑的。你一辈子都是这个德行：一个可怜鬼。”

“你居然敢在我的家里骂我。”他说。

这样一句接一句的斗嘴让杜尔丝·奥莉维亚兴奋起来。“这个家是你的，也是我的，”她说，“因为那女孩是我的，虽说把她送到这世上来的是一条母狗。”她没等侯爵接话，又继续道：

“最糟糕的是，你把这孩子送到了最不该送的人手中。”

“她在上帝的手中。”他说。

杜尔丝·奥莉维亚近乎疯狂，高声喊道：

“她在主教的儿子手中，他把她变成了婊子，让她怀上了自己的孩子。”

“你再敢这么嚼舌头，迟早自己把自己毒死。”侯爵恼羞成怒。

“萨坤达是喜欢说大话，但她从不说假话，”杜尔丝·奥莉维亚反驳道，“你也别想羞辱我，因为等到你死的那一天，也只剩下我来给你脸上盖土了。”

结局一如既往。她的眼泪掉了下来，落在盘子上，像是一滴一滴的汤汁。本来早已睡着的猎犬，此刻又被激烈的争吵声惊醒，纷纷警惕地扬起了头，嗓子里发出吼声。侯爵觉得自己有点喘不上气来。

“你看见了吧，”他怒声说道，“这就是我们本可以有的生活。”

她没等吃完就站起身来，撤了桌上的家什，带着一股无名火去洗盘子和锅，一边洗一边在洗碗槽里把锅碗瓢盆打得粉碎。侯爵任由她哭泣，哭到最后，她把打碎了的家什像一阵冰雹似的倒进了垃圾桶。她没打招呼就走了。侯爵百思不得其解，恐怕谁都想不出，杜尔丝·奥莉维亚是从什么时候起变得不像从前了，如今，她成了这座宅邸里的一个夜间幽灵。

从前有流言蜚语说主教和卡耶塔诺从在萨拉曼卡的时候起就是情人，现在这则谣言被另一个传闻代替了：卡耶塔诺其实是主教的儿子。杜尔丝·奥莉维亚的版本，经过萨坤达的证实，再被添油加醋，变成了这样：谢尔娃·玛利亚被绑架到了修道院里，用来满足卡耶塔诺魔鬼般的欲望，而且她已经怀上了一个长了两个脑袋的孩子。萨坤达还说，他们的纵欲和淫乱已经带坏了整个修道院里的修女。

侯爵再也没能恢复过来。他摸索着行走在记忆的沼泽之中，想找一处安身之地以躲避心中的恐惧，但他能找到的唯有对贝尔纳达的记忆，在孤独中，记忆中的她变得高尚起来。侯爵试图用贝尔纳达身上那些最可恶的东西来抵消这些记忆，她身上的恶臭、她粗鲁的举止、她脸上像鸡一样高耸的颧骨，然而，他越是去想她的坏处，记忆里的她就变得越是完美。最后，他抑制不住思念之苦，派人给马阿特斯榨糖厂那边送去了试探性的口信，自从她走后，他一直觉得她会在那里，而她也确实在那里。他传话给她，让她忘掉那些仇恨，回到家里来，这样至少他们俩死的时候还能有个伴。一直没等到回音，侯爵决定亲自去找她。

他不得不沿着回忆的溪流摸索前行。当年在整个总督区数一数二的庄园，现在已经一片荒芜。杂草丛生，想找到一条路难之又难。榨糖厂成了一堆废墟，机器都锈迹斑斑，最后两头牛已经成了骨架，仍然套在压榨机的横杆上，只有加拉巴树下那片长满牵牛花的水池仿佛还有点生机。在透过甘蔗园里烧焦的荆棘丛望见房屋之前，侯爵就先闻见了一股贝尔纳达特有的肥皂味儿——这已然成了她身上固有的气味——他发觉，自己是如此渴望见到她。她坐在门口平台栏杆旁的一把摇椅上，嘴里嚼着可可，目光一动不动，死死地盯着远处的地平线。她穿着一条粉色的棉布裙子，刚在水池里洗过澡，头发还湿漉漉的。

在登上门口的三级台阶之前，侯爵先打了声招呼："下午好。"贝尔纳达回了声好，并没有看他，就好像这声问候来自虚空。侯爵走上了围着栏杆的平台，目光越过荒草，向远处巡望了一周。目光所及之处，唯见荒山野岭和水池那儿长着的几棵加拉巴树。"这儿的人呢？"侯爵问道。贝尔纳达和她父亲当年一样，看也没看侯爵。"人都走光了，"她回答说，"方圆几百里见不到一个活人。"

侯爵走进门去想找把椅子。房子已经破烂不堪，地砖缝里冒出了几丛灌木，开着紫色的小花。餐厅里有一张古老的餐桌和几把餐椅，都被白蚁蛀得不成样子；钟停了摆，谁也不知道它是在哪一刻停了的；呼吸之间能感觉到，空气里飘浮着一层看不见的灰尘。侯爵给自己搬来一把椅子，挨着贝尔纳达坐下，低声对她说：

"我是专为找您而来的。"

贝尔纳达不动声色，但还是几乎难以觉察地点了一下头。他把自己的现状告诉了她：家里空空荡荡的，奴隶们躲在树丛后面磨刀霍霍，夜晚漫长得没有尽头。

"那真不是人过的日子。"他说。

“我们从来就没有过过人过的日子。”她回答道。

“说不定能过上呢。”他又说道。

“要是您知道我有多恨您,您就不会跟我说这样的话了。”她说。

“我也一直以为我恨您,”侯爵说,“可现在,我似乎没有那么确定了。”

于是,贝尔纳达向他敞开了心扉,好让他明白事情的原委和真相。她对他讲了她父亲是如何让她打着送鲱鱼和醋渍菜的幌子来找他的,如何用看手相这样的老伎俩欺骗了他,在他装聋作哑的时候又是如何唆使她强行和他干了那事儿,他们又如何冷静、准确地策划让她怀上了谢尔娃·玛利亚,从而把他一辈子牢牢掌握在手心。侯爵唯一应该感谢她的,就是她没有去做和她父亲商量好的最后一步:给他的汤里下点鸦片酊,彻底将他摆脱。

“我是自己把绳索套在自己脖子上的,”她说,“可我并不后悔。让我难以承受的是,在种种折磨之外,我还不得不爱那个可怜的七个月的早产儿,或是爱您,要知道您可是我一切不幸的根源。”

尽管如此,失去犹达斯·伊斯卡柳特才是她滑向堕落的最后一级台阶。她在其他男人身上寻找着他的踪影,她毫无节制地投身于和榨糖厂的奴隶们通奸,这样的事在她第一次干出来以前想想都觉得恶心。她把奴隶们分成组,排成队,就在香蕉园间的小径上和他们一个接一个地干那事儿，直到她的魅力被发酵蜂蜜和可可饼消磨殆尽，她变得浑身虚肿，丑陋不堪，这样的身体令奴隶们望而却步，于是她开始用钱说话。刚开始，根据样貌和体格付点铜板，就可以找到年轻力壮的，到后来，随便来个什么人都得付真金白银。过了好久她才发现，为了躲开她那永远不知满足的欲望，奴隶们成群结队地逃到帕伦克的圣巴西里奥村去了。

“这下我才知道，我早该用砍刀把他们都砍死的，”她这么说着，眼中没有一滴眼泪，“不光要砍死他们，还有您，那个女孩，我那一毛不拔的父亲，以及所有那些把我的生活弄得一团糟的人。可那时，我已经砍不动任何人了。”

他们就这样静静地待着，看着夕阳照耀在荆棘丛生的峭壁上。地平线那里远远传来成群动物的声响，还有一个女人绝望的声音正挨个呼唤它们的名字，天渐渐黑了。侯爵舒了口气：

“我算是看清了，我真的没什么好感谢您的。”

他不紧不慢地站起身来，把椅子放回原处，顺着来路走了，没有道别，也没有带上一盏灯。又过去了两个夏天，在一条不知通往何处的小路上，人们发现他的时候，他只剩下一堆被秃鹫吃剩的白骨。

那天，马尔蒂娜·拉波尔德为了做完一件被耽搁下来的活，整整一上午都在刺绣。中午她在谢尔娃·玛利亚的牢房里吃了午饭，随后回她自己的牢房去睡了个午觉。下午，绣到最后几针时，她带着一种不常见的伤感和谢尔娃·玛利亚说起话来。

“要是哪天你从这里出去了，或者要是我先出去的话，你可千万别忘了我，”她说，“这将是我唯一的荣耀。”

谢尔娃·玛利亚直到第二天才明白她说这番话的用意，女看守大叫大嚷把她吵醒：早上起床的时候，牢房里不见了马尔蒂娜。她们把修道院翻了个底朝天，也没能发现她的一丝踪影。有关她的唯一消息，是谢尔娃·玛利亚在枕头底下找到了一张纸条，上面用花体字写着：我会一天三次为你们祈祷，祝愿你们幸福。

没等谢尔娃·玛丽亚从惊恐之中回过神来，院长就带着副院长和院里的其他几位手段冷酷的大人物闯了进来，身后还跟着一队扛着火枪的卫兵。院长怒不可遏地伸出一只手，按住了谢尔娃·玛利亚，对她大声吼道：

“你是同谋，你一定会受到惩罚的。”

女孩抬起那只没被按住的手，那股坚决让院长一下子愣在了那里。

“他们出去的时候我看见了。”她说。

院长目瞪口呆。

“她不是一个人？”

“他们一共有六个人。”谢尔娃·玛利亚说道。

这简直是不可能的事，更别说从露台上逃走了，从那里走就必须经过有人看守的院子。“他们长着蝙蝠的翅膀，”谢尔娃·玛利亚一边说，一边张开双臂，做出飞翔的样子，“他们在露台上张开翅膀，把她带走了，飞呀飞呀，一直飞到了大海的另一边。”卫队队长吓得面无人色，画着十字，跪倒在地。

“最最纯洁的玛利亚。”他嘴里念道。

“无玷成胎的圣母。”众人齐声应和。

这是一次完美的逃亡，自从发现卡耶塔诺经常在修道院里过夜，马尔蒂娜就不露声色地谋划着，把一切细节都考虑到了。她唯一没有预见到的，或者说她根本就不在乎的是，理应从里面掩上下水道的入口，以免引起怀疑。调查这次逃亡的人发现下水道敞开着，勘察了一番，弄清了真相，便把下水道两头都砌死了。谢尔娃·玛利亚被强行带到了活死人住的那座楼里，关进了一间上锁的牢房。这天夜里，皓月当空，卡耶塔诺把两只手都挖烂了，也没能打穿封住地道的那堵墙。

他近乎疯狂，跑去找侯爵。他没敲就一把推开了大门，闯进了空空荡荡的侯爵府，府邸里的光线和大街上一样明亮，因为那石灰墙在月光照耀下仿佛透明的一般。被遗弃了的府邸里干净整洁，家具都归置到位，硕大的花盆里鲜花盛开，一切都井井有条。铰链的吱呀声惊动了那几条猎犬，可杜尔丝·奥莉维亚一声喝令，它们又一下子安静下来。卡耶塔诺看见她站在院落绿色的浓荫里，美丽动人，浑身散发着光芒，身穿侯爵夫人的长袍，鬓间插着颜色鲜艳、气味浓郁的新采的山茶花，他抬起手，用食指和大拇指比画出一个十字。

“以上帝的名义，请问你是哪位？”他问道。

“一个正在接受惩罚的幽魂，”她答道，“您又是哪位呢？”

“我是卡耶塔诺·德劳拉，”他告诉她，“我来这里是为了跪求侯爵先生听我讲两句话。”

杜尔丝·奥莉维亚眼睛里冒出了怒火。

“侯爵先生没时间听一个无赖讲什么废话。”她说。

“那么你究竟是何许人，能有权在这里发号施令？”

“我是这府中的女王。”她说道。

“看在上帝的分上，”德劳拉说，“请您告诉侯爵，我是来和他谈他女儿的事情的。”他不再兜圈子，把手放在胸前，说道：

“为了爱她，我可以去死。”

“再敢多说一个字，我就放狗了。”杜尔丝·奥利维亚勃然大怒，用手指着大门：“从这里滚出去。”

她的口气是如此决然，卡耶塔诺目不转睛地盯着她，一步一步退出了大门。

礼拜二，阿布雷农肖走进麻风病医院里德劳拉的小房间时，看见他因为不要命地熬夜已经垮掉了。德劳拉把一切对他和盘托出，从他受罚的真实原因一直讲到他在那间牢房里度过的每个良宵。阿布雷农肖一时有点不知所措。

“我能想象您干出任何一件蠢事，可像这种疯狂至极的事儿我还真没想到。”

这下卡耶塔诺也吃了一惊，问他道：

“难道您就从来没遇到过这样的事吗？”

“从来没有，我的孩子，”阿布雷农肖说，“性是一种天赋，而我没有这种天赋。”

他试图劝服卡耶塔诺。他说，爱情是一种违背天性的感情，它把两个素不相识的人带进一种自私的、不健康的依赖关系之中，感情越是强烈，就越是短暂。可是卡耶塔诺一点都听不进去。他的脑子里只转着一个念头，那就是逃离这个基督教世界的压迫，逃得越远越好。

“现在只有侯爵能从法律上帮助我们，”他说，“我曾经想去跪着求他，可是没在府中找见他。”

“您永远都找不见他了，”阿布雷农肖说，“传到他那儿的声音是，您一直想欺侮她的女儿。而我现在明白了，以一个基督徒的眼光来看，他没有弄错。”说完他直直盯住卡耶塔诺的双眼：

“您就不怕下地狱吗？”

“我觉得我已经在地狱里了，但把我打下地狱的并不是圣灵。”德劳拉回答时无所畏惧，“我一向认为比起信仰来，圣灵更关心的是爱情。”面对这样一个刚刚从理性的桎梏中解脱出来的人，阿布雷农肖无法掩饰自己的敬仰之情。可他并没有对这个人许下什么虚假的诺言，更何况还有宗教法庭横梗在中间呢。

“你们信仰的是一个崇尚死亡的宗教，它给了你们面对死亡的勇气和乐趣，”他对德劳拉说道，“我不是这样的：我认为唯一最要紧的，是活着。”

卡耶塔诺又跑到了修道院。他在大白天从奴仆们进出的门走了进去，大模大样地穿过了花园，自以为靠着祈祷的力量，一定不会有人看见他。他登上二楼，穿过一条空无一人的走廊，这条有着低矮的天花板的走廊连接着修道院的两座建筑，他就这样走进了活死人的那个寂静而又冷清的世界。他经过那间新牢房时，谢尔娃·玛利亚正在里面为他哭泣，可他无所察觉。他就要走到那座牢房楼时，身后一声喝令叫住了他：

“站住！”

他转过身来，只见一个脸上蒙着面纱的修女正朝着他高高举起一个十字架。他朝前迈了一步，却被那修女用基督的十字架挡住了。修女大声喝道：“向后退！[①]”

这时他身后又传来另一个声音：“向后退！[②]”接着是一声接着一声的“向后退！[③]”。他转了好几个圈才弄明白自己被一群修女团团围住了，她们像幽灵一般，脸上都蒙着面纱，手上都举着十字架，高声追逼着他：

“向后退，撒旦！[④]”

卡耶塔诺精疲力竭。他被送上了宗教法庭，在一个公共广场上接受审判，被指控有异教徒的嫌疑，这在教会内部引发了群体的骚乱和争论。由于得到了特殊恩惠，对他的最终处罚是在圣爱医院做护士。他在那里又活了很多年，整日和病人混在一起，一起吃饭，一起在地上睡觉，在病人的木槽里用他们用过的水洗澡，他坦承自己渴望染上麻风病，却一直没能如愿。

谢尔娃·玛利亚空等了他一场。三天后，她起而反抗，开始绝食，

---

①②③④原文为拉丁语。

这使她更像被魔鬼附体了。主教被卡耶塔诺的堕落和阿基诺神父离奇的死亡所困扰，被公众对超出了他的智慧和能力范畴的不幸事件的反响弄得昏头昏脑，于是，他爆发出就他的身体状况和年龄而言不可思议的能量，重操驱魔大业。这一次，谢尔娃·玛利亚的头用剃刀剃得精光，又套上了束缚衣，她以一种撒旦的凶猛面对主教，嘴里说着各种各样的语言，不时发出地狱里禽鸟的悲鸣。第二天，人们听见受惊的畜群发出一阵阵吼叫，大地都为之震动，这时再说她和地狱里的大小魔鬼没什么牵连已经没人会相信了。带她回牢房的路上，人们用圣水给她灌了肠，这是法国人的法子，为的是把可能残留在她五脏六腑里的魔鬼赶走。

这样的折腾又持续了三天。尽管有一个礼拜没吃东西了，谢尔娃·玛利亚还是把一条腿挣脱了出来，照着主教的小腹就是一脚，把他踢翻在地。这时人们才发现，原来她早就可以挣脱出来，因为她的身体太瘦弱，皮带已经绑不住她了。这一事件提醒人们，驱魔活动可以停一停了，对此教士会议表示赞同，但主教却执意反对。

谢尔娃·玛利亚始终没能弄明白卡耶塔诺·德劳拉到底出了什么事，为什么他不再带着装有精致甜食的篮子来和自己共度良宵。五月二十九号这天，已经气息奄奄的她又一次梦见了那扇窗户，窗外是大雪覆盖的原野，那里没有卡耶塔诺·德劳拉，他永远也不会出现在那里了。她的怀里兜着一串金色的葡萄，她每吃掉几颗，葡萄串上就马上长出新的来。可这一次，她不再是一颗一颗，而是两颗两颗地摘，为了把最后一颗吃进嘴中，她几乎喘不上气来。等到女看守进牢房来准备带她去进行第六次驱魔的时候，发现她已经为爱死在了床上，她的两只眼睛炯炯发光，皮肤像初生的婴儿一样。被剃得精光的头皮上，一缕缕的头发像冒泡泡一样涌出来，眼见着越长越长。

图书在版编目(CIP)数据

爱情和其他魔鬼/〔哥伦〕马尔克斯著；陶玉平译.
—海口：南海出版公司，2015.11
ISBN 978-7-5442-7863-8

Ⅰ.①爱… Ⅱ.①马…②陶… Ⅲ.①长篇小说－哥
伦比亚－现代 Ⅳ.①I775.45

中国版本图书馆CIP数据核字(2015)第151461号

著作权合同登记号 图字：30-2015-050

爱情和其他魔鬼
〔哥伦比亚〕加西亚·马尔克斯 著
陶玉平 译

出　　版　南海出版公司　(0898)66568511
　　　　　海口市海秀中路51号星华大厦五楼　邮编 570206
发　　行　新经典发行有限公司
　　　　　电话(010)68423599　邮箱 editor@readinglife.com
经　　销　新华书店

责任编辑　黄宁群
特邀编辑　第五婷婷
装帧设计　韩　笑
内文制作　王春雪

印　　刷　北京中科印刷有限公司
开　　本　850毫米×1168毫米　1/32
印　　张　6.5
字　　数　100千
版　　次　2015年11月第1版
印　　次　2021年4月第15次印刷
书　　号　ISBN 978-7-5442-7863-8
定　　价　35.00元